空白

SWITCH INTERVIEW
Apr.2010-Mar.2012
Inoue Takehiko

井上雄彦

空白

Prologue

2012.3

過去，我一直秉持著前進、前進、再前進的態度，所以才會遭遇到瓶頸。

2010年年初，我在自己的網站寫下「《浪人劍客》會在今年完結」這句話，結果違背了本意，反倒成為一股壓力，壓得我喘不過氣來。當時的我只是把這件事當成年初的目標說出口，並且記錄下來，沒想到竟變成非兌現不可的支票。

《灌籃高手》的結束時間點很明確，因為我早就決定打完山王一戰就是《灌籃高手》完結的時候，因此最重要的課題就是如何讓故事更充實、讓比賽更精采。雖然最終話提到湘北在下一場比賽就輸了，不過這件事其實並不重要，重要的是山王一戰本身。如何讓自己的作品在這場比賽中達到巔峰才是首要關鍵。畫《灌籃高手》的結局時，我該完成的課題很明顯，所以我絲毫不感到迷惘。

我不明白讀者的想法，每個人接受的方式也不盡相同，對我來說，《灌籃高手》的結局就是「沒有其他結局比這個結局更棒」。在我心中，這是一個成功的體驗，或許也變成了一種標準，因此《浪人劍客》的結束方式，在我內心佔據的份量也越來越大。

另一方面，我也在想，說不定我錯過了結束的最佳時機。「或許應該更早結束才對」、「我已經駕御《浪人劍客》很久了，該達成的目標也都達成了，差不多該轉換跑道了」——我開始胡思亂想，甚至自問自答：「乾脆暫時把這條路封起來算了。」

一直以來，我都在做「創作」、「每個禮拜畫一回漫畫」這些事。「結束」是另一個不同的層次，不能當作目標。畫《灌籃高手》的結局時，我期待自己融入那個狀態，周圍的人事物也助我張目，但是《浪人劍客》卻沒有形成這樣的局勢，我一點興奮的感覺也沒有。

或許《浪人劍客》還不到「那個時候」，只是我擅自決定「現在是劃下句點的時候」罷了——

目次

採訪、攝影　今井榮一
封面插圖　井上雄彥
書籍設計　鈴木成一設計工作室

變化的預兆

2010.4

《浪人劍客》單行本第33集，故事在佐佐木小次郎抵達豐前小倉後劃下句點（296話「小次郎的城市」）。

乘載著孩子的船，漂流在銜接大海的河川上。小次郎見狀便毫不猶豫地躍入河中並救起孩子。在小倉這個很可能會與所有居民為敵的城市，因為這個舉動，小次郎剎那間掌握了民心。

其實在這個時間點，還有幾回尚未出版成單行本的故事（因為《浪人劍客》曾經復載，隨後又立即休載），每一篇都是小次郎在小倉的故事。換句話說，畫完小次郎在小倉度過的日常生活之後，井上雄彥就休筆了。

2010年1月上旬，井上在自己的網站提到《浪人劍客》要結束的事。假如《浪人劍客》就要結束，會在什麼時候、哪個時間點結束？是年底嗎？說不定會更早……。以下這段是第33集的最後一回在『MORNING』刊登後立刻進行的訪談。

分享工作

——武藏到佛師家叨擾，那段雕刻佛像的日子令人印象深刻（《浪人劍客》第33集291話「7 years」）。

當時我正好有機會跟真正的佛師對談。這位佛師並不是漫畫裡那位佛師的原型，但要讓那時候的武藏有所「體會」，我認為佛師這個職業非常適合。

——《浪人劍客》有無數的支線故事，其中也包括這位佛師的橋段。這麼一想，《REAL》似乎也匯集了許多支線故事來帶動劇情，《灌籃高手》反而沒有什麼支線故事呢。

的確，《灌籃高手》幾乎沒有什麼支線故事，不過我並不認為《浪人劍客》的任何橋段都屬於支線故事。我並沒有「殺人的橋段是主線，其餘

武藏與佛師的邂逅（《浪人劍客》第33集291話「7 years」）

是支線」的想法。

《浪人劍客》是描寫武藏這個人的人生旅程。或許《灌籃高手》可以說比賽即是人生，但多數人的人生並非如此。當然，武藏也有連續殺人的時候，不過他並非每天都在與人對決，平淡無奇的日子才是人生。

我認為人的一生是由許多無法順利前進、停滯不前的瞬間串連起來的。跟別人邂逅、碰觸、苦惱、沮喪、偶爾自言自語，每一件事都很重要，沒辦法區分成主線或支線。《灌籃高手》描寫的是籃球，只要不停地比賽就好，但是不能讓武藏不停地殺人。假如他一直殺下去，我想他早就沒命了吧。

——畫《浪人劍客》的時候，是否有什麼事情像從沾水筆轉為毛筆作畫一樣，正從舊的移轉到新的呢？

用粗略的方式來形容，我過去的做法是「這是屬於我自己的工作」，最近學會了「分享工作」並採納別人的意見去完成我的作品。我讓工作上的自己和別人之間的界線，變得稍微寬鬆了一點。

像是小次郎在小倉橋上的那一段（《浪人劍客》第33集296話），也是責編的意見給了我靈感，我才有餘力專注在那一場的演出和細節上。以往我總覺得我是站在客觀的角度，俯瞰著過度投入的自己。這當然不是我第一次採納責編的意見，不過這在《浪人劍客》卻是非常難得的，也因為這樣，讓我有了新發現。

——小次郎在最後咚的一聲躍入海裡，緊接著小倉的男人們也接二連三跳進水裡，圍著小次郎和孩子搭乘的船隻，邊推船邊喊著「嘿咻！嘿咻！」。那個場景彷彿能聽見聲音，節奏明快、熱鬧又充滿戲劇性，不過，我的確覺得有點不像井上老師的風格。

那一段很棒，以我的感覺就像是跳了1.5步的距離，而跳1步則是恰好出乎大家的意料之外。過去我很抗拒這麼做，深怕採納別人的意見就等於背叛讀者的信賴。「啊，原來井上都在做違背自己作風的事啊。」我不喜

小次郎在小倉救了坐在船上被河流沖走的孩子（《浪人劍客》第33集296話「小次郎的城市」）

歡這樣的誤解一點一滴地累積下去。

一路走來，就算作品的品質走下坡，我仍然堅信獨自奮鬥才能保有「純度」，或者說是「個人風格」。不過現在，我反而認為採納別人的意見，更能完成屬於我的作品。

不創造故事的創作

──從第1集重新再看一遍，會發現初期繪畫和故事的生硬感漸漸消失，變得比較放鬆。一開始連載的時候，是不是受到吉川英治老師的原作《宮本武藏》很大的影響呢？

一開始確實是這樣。我本身並沒有決定要和原作保持多大的距離，也很在意原作和讀者，所以一開始沒有太偏離原作。雖然上級說我可以自由發揮，但是一開始我沒有這麼做，直到角色動起來之前，也沒有考慮要偏離原作。

坦白說我對故事並沒有興趣，我想畫的是宮本武藏這個人的生平。也就是說，與其說這部作品是故事，我認為比較接近詩。

——老師以前也說過同樣的話。你說過其實只要圖就夠了，可是光靠圖沒辦法成為故事，稱不上是漫畫。

我喜歡漫畫，也因為我比別人擅長畫漫畫，才會選擇以漫畫作為表現手法。既然是漫畫，當然會形成故事。可是我並不覺得自己在創造故事。

原本我就不擅長創造故事，以往也不曾創造過。《灌籃高手》只是在描繪比賽，然後在比賽之間穿插日常生活。論結果或許看起來就是「有趣的故事」，不過當時我只是想用圖來呈現精采的比賽、畫出更棒的球技，並沒有在描繪故事。繪圖通常是一個過程，只不過等我發覺的時候，它已經成為一個故事了。《浪人劍客》剛開始連載的時候，我曾經有過好幾次「運氣好的話，或許能獲得一個故事」的想法。不過現階段還沒有太大的改變，也或許打從一開始，我就沒有要創造故事的念頭吧。

邁向終點的情緒

——這件事或許和「不創造故事」有點不一樣，《浪人劍客》三番兩次出現「故事不前進」＝「停滯」的情況，因為武藏一直停留在原地。但是另一方面，給人不斷往前流動感覺的「水」卻經常出現。停滯不前的狀態就是「不流動、混濁」的意思嗎？如果是，什麼時候才會流動且變得透明呢？這就是武藏在追求的東西嗎？我對這件事非常感興趣。假如井上老師認為的「結局」就快到了，那麼你會畫出來嗎？

關鍵在於我對《浪人劍客》有多投入吧。假如有一天，周遭環境不再干擾我，或許我就能一口氣畫到完結也說不定。過去我只有在畫《灌籃高手》的時候，歷經過邁向終點的情緒和天時地利人和的情況。我不知道相同的情況會不會在我身上發生第二次，說不定我早就錯過了。

——我認為讀者在看《灌籃高手》時，會幻想自己是流川或櫻木。但是《浪人劍客》終究是「武藏的故事」，感覺比較像是讀者陪著武藏一起旅行。武藏煩惱的時候，要我跟著一起煩惱，可能比較困難一點。不過，如果是我正在煩惱的時候，剛好碰上武藏煩惱的橋段，或許就能體驗同步的感覺了。

我要說的或許有點不一樣，我曾經碰過近似批判、中傷的負面反應。但是到頭來，那些感想、批判、中傷，包括正面的意見，其實都代表發出這些訊息的「那個人」。

剛才，FM廣播播放某位女歌手的歌曲，其中有「人所看見的自己，就是鏡子裡的自己」這樣的歌詞，我的感想是「錯了，別想太多！（笑）」我認為別人眼中的我，是對方追求的我。因此別人眼中的『我的模樣』並非我的形象，而是代表看我的那個人。他只是將自己的模樣投射在別人身上罷了。

這麼一想，才發現原來大家都是一邊看著《浪人劍客》，一邊編織著

屬於自己的故事呢。雖然我看了許多人寫給我關於『最後的漫畫展』的感想，但是我覺得那只是正巧發生在「那個地方（上野、熊本、大阪、仙台）」的故事罷了。每個人都有自己的故事，同時在參觀展覽時會思考許多事情，這些都代表著自己，有句話說「有多少人看過，就有多少個故事」，我認為這句話是真的。

反過來說，我身為作者，若因為周遭的評價而感到悲或喜，反而不具有太大的意義。

——最近我強烈感受到「武藏就是井上雄彥」，或許這就是與《灌籃高手》最大的不同。《浪人劍客》的武藏就代表當時的井上老師，彷彿是作者井上雄彥的自畫像呢。

從武藏的表情就能看出來對吧。一開始他的表情既僵硬又傲慢，心胸也不寬大。後來表情依舊傲慢，但是漸漸有了一絲溫柔。

前些日子跟佛師見面時，看到了許多他雕刻的作品，「這應該是初期的作品，而這應該是最近的作品吧。」我邊看邊想，一問之下才發現跟我想的差不多。

近期的作品有著溫柔的表情，初期的作品則是有令人難以親近的氛圍。佛像的表情不至於太嚴肅，但還是會因為作者創作的時期不同而出現變化。雖然創作的是佛，但雕刻的卻是人。自身的胸襟有多深多廣，都會透過作品呈現出來。我想繪畫也是一樣的。

——佛師是幾歲的人呢？

我記得是60多歲，不過看不出來。他的皮膚很光滑，看起來比實際年齡年輕。外表乍看之下很凶惡，但其實是個心胸寬大的人。漫畫和佛師雕刻的佛像都會隨著創作時期而改變面容，我想是因為作者本身也變了吧。

武術和運動或許也一樣，簡單的一句「進步」，卻不一定能走直線到達。在某個瞬間閃過的一個念頭，即使讓你有「沒錯！我要的就是這個！」的感覺，該往上升的東西也有可能往下降。忽上忽下，忽進忽退，通常都要重複這些過程才能慢慢前進。

前陣子，我回顧了早期的故事，有個角色說到「人類的修行也像反覆的四季一樣」，不禁讓我點頭如搗蒜。有一段時間，我甚至認為武藏會就這樣達觀一輩子，而這段時間正好跟我苦惱的時期是重疊的。一旦看開了，故事就會劃下句點。雖然我不認為武藏看開了，故事就會結束……不過我也有可能在某個時間點就讓故事乾脆地結束。故事的尾聲或許近在眼前也說不定。

Interlude

最後的漫畫展
——黑暗與光明的故事

浪人劍客‖漂泊者的旅程

2010年夏初，『井上雄彥 最後的漫畫展』於仙台展落幕了。

2008年夏初，這個展覽在上野第一次舉辦，之後以「再版」的形式在熊本、大阪、仙台舉辦巡迴展覽。展覽為期兩年，加上籌劃時間，作者井上和工作人員形同歷經了一趟為期三年的漫長旅途。

井上畫的漫畫確實到過日本各地旅遊。從小品到長寬好幾公尺的大幅作品，井上特別繪製的許多作品，經過許多人的手裝箱、裝載到卡車上，朝南、西、北方踏上旅途。

說到《浪人劍客》的發想，要從井上離開日本到美國西岸生活時談起。井上在西岸的空氣下讀了吉川英治的《宮本武藏》，他說當時只是模糊地想著「來畫一個探求劍術、周遊列國的年輕人的故事吧」、「像公路電影那樣不疾不徐的漫畫，不知道讀者會不會喜歡」。是的，浪人劍客就是一部描繪漂泊者旅程的漫畫。

在西岸居住前的井上，是一個忙著連載超人氣作品《灌籃高手》的漫畫家。每天往返於自宅與工作室，跟旅行無緣。從連載解脫的井上，便暫時離開日本到國外生活。這就是所謂的旅行。正因為有旅居國外的井上，吉川英治的《宮本武藏》才會重生為《浪人劍客》吧。

名為身體的主題

六年多前，也是與《浪人劍客》相關的訪談中，井上聊到了以下這些。

我開始思考，最終的主題應該是身體。像是身體的使用方式、身體有多大的可能性。比方說「我」這個人的體內有著「所有人類的答案」之類的……非常模糊，但我覺得這個主題正在逐漸形成。

只要徹底明白一個人的身體，充分理解被賦予的事物該如何操作，就能找到所有人類的答案吧。假設把這個畫入武藏和小次郎的戰鬥中……比方說武藏思考著「原來人類的身體是這樣動的」，或是「原來上天賦予了我這些東西」，若能描繪出這樣的情景，我想一定很棒。

雖然我對自己應該追求的高度，有了主題一般的模糊形象，可是一旦要畫成具體的漫畫，坦白說終究還是一道「無法跨越的高牆」。到目前為止，我都是靠想像力走過來的。但是武藏與吉川清十郎對抗後的世界，已經超乎我的想像。我看得見我想畫的世界，卻無法輕易找到描繪它的方法。

人類腦子裡想的事情，終究是有限度的。對我而言，接下來不管是要重複做相同的事、越來越退步，還是發現新事物，所有憑想像能做到的範圍都已經告一段落，爾後的發展將屬於未知的領域。在這層意義上，也可以說今後我必須用自己的「身體」去畫了。

我們在人生道路上碰壁的時候，「我想回到孩提時」、「我想再去爬那座山」、「我想在故鄉的大海游泳」這種回歸的心情會油然而生。說穿了，正是因為我們的頭腦＝想像力無法突破障礙，身體便設法要解決問題，於是產生了想去山裡或海邊的念頭。

或許是因為我們的身體和大樹、石頭、土壤一樣，都是天然的東西，我們才會向大自然尋求突破障礙的答案，或是向大自然學習。

其實我也說不上來，但我覺得答案就在我的身體裡。現在想想，我會透過畫筆來表述，也是過程的一環吧。

《浪人劍客》無論是故事或圖像，那些無法用語言表達的部分，才是我最想描繪的部分。媒體是一種語言，也是一種記號。我刻意想遠離語言和記號，結果就是剩下自然。接觸自然、感受自然、回歸自然……這部作品從一開始就在強調這些，到了現在，這樣的思緒變得更強烈了。

『最後的漫畫展 最終再版 仙台版』入口展示（2011）

為了描繪光明

屬於身體的漫畫。前往身體深處的漫畫。

『最後的漫畫展』或許可以說是把井上對身體的想法具象化的例子。

他在名為「空間」的3D場所畫漫畫，我們則把那個經過造型的世界，當作漫畫來欣賞。這真的是一場相當嶄新的展覽。前所未見的新鮮感，卻依舊是「漫畫」。我們用空間來看漫畫。

令人驚訝的是，那裡描繪的是「宮本武藏人生的最後階段」。『最後的漫畫展』不只是井上第一場、也是最後一場的漫畫展覽，同時更是一部連載中漫畫的「結局」。沒想到他居然會把連載尚未結束的故事主角死去的那一瞬間畫出來。

『最後的漫畫展』是從一句話開始的。

「禪寺的深處，有個彷彿岩山被挖掉似的大洞。」

這個洞名叫靈巖洞，是實際存在的地方，位於靈巖禪寺的深山裡。禪寺位於九州熊本金峰山山麓附近的峽谷，旁邊有村落和梯田，遠處還有波光粼粼的有明海，是一個非常美麗的地方。據說宮本武藏晚年曾在這裡住過幾年。

老年的武藏，在那個洞穴裡獨自生活。

『最後的漫畫展』吸引人們前往那個洞穴。展覽的構成就是我們去拜訪晚年的武藏。老年的武藏究竟是什麼樣的心境，我們在『漫畫展』親眼看到了。

在熊本展出時，發生了一件令筆者難以忘懷的事。

我以採訪為名，在相當於展覽高潮的大房間裡待了一小時，兩公尺外有名負責監視的工作人員，模樣不太對勁。我有點介意，側目看了對方一眼。那是一名60多歲的女性，年紀跟我的母親相仿。

她撲簌簌地流著眼淚。

負責監視的工作人員，居然在工作崗位上看著畫流淚……下個瞬間，連我也跟著掉下了眼淚。這件事令筆者難以忘懷，也讓我感到無比的幸福。

《浪人劍客》是一部透過宮本武藏這名年輕人的旅程，描繪人心黑暗面的漫畫。

以下是井上於2008年7月，在『最後的漫畫展』目錄最後寫下的一段話，筆者將它記錄在這裡。

『最後的漫畫展』對我來說是一個機會，讓我筆下的「武藏」在砍了幾十人後，還能讓大家肯定他的人生。持續在看《浪人劍客》、接納我波折不斷的這十年、並陪我走過來的人，無論如何我都想讓他們留下美好的回憶。我希望能讓這些人有「幸好我有一直看下去」的想法。

為了畫出「光」，就必須描繪「影」。

鬥爭和殺人是「影」，我認為不描繪這些就無法看見「光」，於是便朝這個目標前進。雖然這只是過程，但殺人的圖像還是具有傷害人心的力量，在不知不覺的情況下，在讀者和繪者身上留下無形的刺。當我發現我並不想讓有著上帝般純潔靈魂的人，比方說幼小的孩童看到這些圖，我更確信了自己的想法。

能在這個時期畫這個故事，我真的覺得很棒。假如不是現在，也不是「用全身去感受的空間漫畫」，一定沒辦法把這份真實傳達給所有人。

我深刻體會到我終於有了畫「光」的機會。這麼一想，我所做的一切都是正確的，結果也如我所願。就算畫出了悲傷，也不再是無處宣洩的悲傷。

浪人劍客休載

2010. 10

2010年6月13日，『井上雄彥 最後的漫畫展』於仙台閉幕了。2008年5月24日，第一場展覽在上野之森美術館揭開序幕，隔年2009年4月11日於熊本市現代美術館展出，2010年開春1月2日則是於大阪SUNTORY MUSEUM[天保山]舉辦。這時候同時也舉辦了「體驗漫畫製作的過程」工作坊。

大阪場結束之後不久的5月3日起，隨即在仙台的SENDAI MEDIATHEQUE舉辦了『最後的漫畫展 最終再版 仙台版』。在這裡同樣也舉辦了工作坊。

漫畫展於仙台劃下句點的夏天，（漫畫展前後）井上表明自己的身體狀況極度不適。

以下是井上因身體不適，進行徹底檢查後不久進行的訪談。《浪人劍客》正式進入了休載期。

我還以為「自己不行了」

——老師在什麼時候開始感到身體不適？有什麼樣的症狀呢？

我印象中是在7月初的日記，寫下類似「情況不妙」這樣的話。坦白說在那之前我就覺得怪怪的，大概是7月20日左右覺得「這下子慘了」。當時我已經畫完手上的稿子，情況卻變成「真的不行了」。

——具體的症狀是什麼？

暈眩、頭痛，還有眼睛不對勁。我猜這不是器官各自出了問題，癥結應該是同一個。後頭部從脖子到頭顱後方全部都痛得不得了，頭暈也一直持續，總之我覺得非常噁心，這種情況太異常了。後來頭部經常有遭到硬布綑綁的感覺，簡直不像自己的頭似的，我心想：「這下子不檢查不行了。」老實說從半年多前，心悸的情況就很嚴重了，所以我打算趁這次也

做心臟檢查，於是我就找了專業醫師，做了核磁共振，結果是「什麼病也沒有」。替我看診的醫師說：「一切都沒問題。」

當時我還以為「自己不行了」，雖然很擔心，卻又怕檢查之後發現結果很嚴重，實在提不起勁去檢查。接受專業醫師的檢查後，結果是腦部和心臟都沒有異狀。

——目前沒有任何異狀嗎？

只要不工作就沒問題（笑）。

漫畫展結束後，《浪人劍客》也休載了，我的睡眠變得很充足，光是這麼一來就讓我的壓力減少許多。我不抽菸，喝酒的量也不多，除了因為工作連續熬夜，我認為我的生活並沒有想像中不健康。吃的方面我也非常注意，算是吃得很養生。

歸咎起來還是工作。其實在檢查前後，我還有《REAL》的稿子非畫不可。因為無法調整檔期，所以只好硬著頭皮畫了，結果症狀非常嚴重，痛得要死，以致於無法專心。不知道是工作害的，還是不想工作的心情害的……

——即使如此，你還是有「想畫圖」的慾望吧。尤其是《浪人劍客》。

當時我連喜不喜歡都搞不清楚，也不知道自己想朝什麼目標努力，甚至開始煩惱自己的出發點到底是什麼。我想那時候應該是不知道該以哪裡為出發點去畫，失去了回歸出發點和理由的閒情逸致，甚至忘了該去尋找理由。

原來我比想像中還要忙……外在因素導致我非工作不可，這種情況一直持續著。所以我忘了問自己，或許可以稱之為心理建設吧？其實我算是一直有認真在做的，只是不知從何時起疏忽了。

——今年夏天，『最後的漫畫展』於仙台閉幕了。像這種展覽，舉辦前就知道入口和出口的距離都是固定的，舉辦期間也是既定的，但是連載可以說是「無止盡的旅程」，看不見出口。這也會形成一種壓力嗎？

不，正好相反。都怪我太介意「結束」了。我說了、寫了「今年會結束」這種話，反而害到了自己。辦漫畫展太累或許也是造成身體不適的原因之一……到現在我還是沒辦法說出一個所以然來。我想是正好有太多事情碰在一起才會這樣吧。

休載前的極限狀態

——我想問關於休載期間的事。放下畫筆後，想畫圖的欲望會不會越來越強烈呢？

我希望會。剛剛是我的玩笑話，坦白說，現在我盡量不去想《浪人劍客》的事。

——井上老師不費吹灰之力就能「不去想」嗎？

本來可以，但漸漸不行了。很久以前，只要畫完《浪人劍客》連載一話的份量，我就能輕易切割，接下來的一兩天可以「什麼也不想」，然後順利地進入下一回，但是休載前我卻辦不到了。

——漫畫展、還有在新木場的東京都現代美術館辦展覽的時候，我的確有「這個人為什麼要畫得這麼辛苦呢？」的感覺。繪畫這個作業過程真的很辛苦，我也曾經幻想自己是老師在《浪人劍客》中所畫的飛翔時的烏鴉，站在烏鴉的立場去看，想著這個男人到底在做什麼？

進入休載期之後，常常有人對我說：「這兩年實在非比尋常啊。」連舊識的編輯也這麼說。實際上在我身陷忙碌的漩渦時，就算旁人眼中的我很不正常，八成也認為即使說了也沒用，於是大家都保持沉默。不過我現在暫時休息了，大家反而會對我說：「好驚人啊。」「還好吧？」說穿了就是我太相信自己的體力和實力，結果沒有做好妥善安排的關係。

——休載前正好是一連串小次郎抵達小倉的情景，畫這一段的當時已經很痛苦了嗎？

說真的當時的確沒有多餘的時間，截稿日迫在眉睫，不可思議的是，畫分鏡的時候卻覺得這一段滿好玩的。我彷彿見到了來自另一頭的光，整個人變得很開心。因為分鏡畫得很開心，各種想法也接二連三地浮現，比方說不會出現在檯面上的故事設定或是支線故事，越想越多的結果就是花費在完稿上的時間變少了。完稿和分鏡不一樣，關鍵在於體力，所以只好減少睡眠時間，打算靠毅力撐過去。

編輯看到我痛苦的模樣，提議減少頁數，但是我說什麼也不願意這麼做。雖然痛苦但還是有樂趣，總之我決定努力畫完，結果症狀又惡化了。

——我想老師一定很痛苦，不過站在讀者的立場，小倉的小次郎篇，故事發展和動作都很華麗，充滿戲劇性，的確讓人非常興奮。

小倉的小次郎篇，有著以往的《浪人劍客》所沒有的「故事性」，所以我畫起來才會覺得很開心，可惜體力無法配合。在小倉也一口氣多了很多角色，畢竟小次郎前往新的舞台，必然也會增加許多和小倉城、細川家有關係的新人物。

關於人物，即使是新角色，我也不會事先設定太多細節，頂多只會在紙張背面隨手畫一些素描。我並沒有特別重視長相，畢竟最後的關鍵是寄宿在軀殼裡的「那個人」。

我認為長相是後來必定會顯現的東西。一開始我只會決定要讓這個角色看起來像好人還是壞人。無論是什麼樣的人物，他的個性都可以事後慢慢追加，我認為角色就是要如同這般變得越來越強。

即使在日常生活中，我想大家偶爾也會有「咦？這個人的長相是這樣嗎？」的感覺。一開始覺得不好相處的人，從某個時間點開始，這樣的感覺突然消失了，自己所感受到的對方表情和長相都變得不同，我想每個人都有這種經驗。創造漫畫角色就和這種情況很像。一開始隨手畫的嘴巴、

眼睛、眉毛等細節，在畫的時候會漸漸融入自己的心情。身為作者的我，憑著描繪角色的人像去了解那個角色。一旦深入了解，就會有「啊，原來他有這麼漂亮的眼睛」、「原來他的嘴巴閉得這麼緊」之類的發現，五官會開始強調自我，一個人物的長相、表情和舉止也會逐漸定型。事後翻閱我的作品，大家會發現每個人物在剛出場時，表情都不太明確。

——除了長相和表情，圖面的明暗、空間確實也會隨著角色有所改變。比方說小次郎出現的場景，或許是因為白天的場景比較多吧，感覺就比武藏來得明亮。他是聾子，我卻覺得他的身邊隨時迴盪著開朗的音樂。另一方面，武藏所在的地方幾乎是無聲，沒有任何音樂的。

小次郎的遠景較多，通常有遼闊的風景。武藏則是特寫比較多，容易有封閉的感覺。所以武藏的故事只要持續一陣子，就會有沉重的壓迫感。因為怎麼畫都會有心理層面的描寫，逼近、探索他的內心深處。持續畫一陣子之後，一畫到小次郎的故事，或許是一種反作用力吧，明亮而遼闊的

圖就會增加。另外就是小次郎的故事很難用特寫描繪。他的耳朵聽不見也不會說話，必須讓周圍的人來解釋現場的狀況，遠景的圖自然而然就多了。

話說回來……要不是因為今天的訪談，我有很長一段時間都沒去思考《浪人劍客》的事情呢。

該如何「放鬆」

——關於復載，有什麼大概的感覺嗎？

這算是我的「希望」吧……剛才我也說過，目前完全沒有「啊，好想畫」的感覺，但是有「啊，現在不畫以後就慘了」的想法。換句話說，休載前的情緒一直延續到現在，我認為這樣的心態很不好。除非無謂的擔心和多餘的情緒全部消失，否則在開始有「想畫」的情緒之前，我希望自己能暫時離開《浪人劍客》。不過我不知道現況是否可以容許我這麼做。

身為漫畫家，我認為這次的休載已經讓我死過一次了。說是死亡或許太誇張，但我一直很想「捨棄」、「脫掉」附著在我身上的各種東西，休載絕對會讓將來的情況好轉。不知不覺中，我背負了太多東西，所以我想卸下這份重擔，讓自己恢復純真再畫，到時絕對會比現在更有趣。若是在半吊子的狀態下繼續畫，到頭來還是會造成同樣的後果。對工作的責任感會創造出一些成果，但我知道並不會有太出類拔萃的效果……不過，「出類拔萃」這種話，或許又形成了一種負荷呢。

總之，目前我想暫時跟《浪人劍客》切割，將來才會讓我工作起來有「不錯」、「舒服」的感覺。

原本期望能達到某種預期的狀態，現在則是感覺有太多累贅纏著我。我想除去這些東西，回歸到原有的純真。這種說法很籠統就是了。

——《浪人劍客》和《灌籃高手》的情況不同，假如老師在這時候停筆，或是在這時候結束故事，我想一定會有許多忠實讀者鬱悶好一陣子吧。

就像是「作者領進門，後續靠個人」的意思吧。有一種「你把我帶到這個莫名其妙的地方，現在卻要拋下我不管」的感覺。對《浪人劍客》的忠實讀者來說，有一種不知不覺就被帶入茂密森林，陷入完全迷失的狀態吧……

——無論如何，老師會暫時休息對吧。

盡最大的努力去做各種事情是一個值得思考的問題，我想我是在不知不覺的情況下太過拼命了。

不管是籃球還是任何運動，活動身體時最忌諱過度用力。像投籃時就要想著「放鬆」再投。順利放鬆了，才會驚覺原來先前都太用力了。其實我們很難察覺到自己正在過度用力，要等到在某些情況下體會放鬆的滋味，才會明白自己處於什麼樣的狀態，或體會到自己先前其實太過用力了，所以絕對不能忽視來自身體的反饋。

不過，我並不是要否認一路走來的體驗。有了過去的體驗，現在才能有所察覺，甚至從中獲得、看清些什麼。每一件事都是美好的經驗。

嗯，話說回來，最近我也會打掃家裡呢。

日常的生活

2010.12

《浪人劍客》進入正式休載，井上因極度身體不適而接受精密檢查，夏天就這樣過去了。《REAL》則是繼續連載。

距離上次的訪談不久後，筆者又再次訪問他。

在這個時間點，沒有人知道休載究竟會持續多久，站在採訪者的立場，我則是擅自猜測大概過完年他就會開始動筆了吧？身為一名忠實的讀者，坦白說我非常期待能盡快復載。從上回井上的談話中，我甚至期待故事會一口氣畫到巖流島。

年底，井上的言談與筆者的滿心期待背道而馳，完全沒有談到作品，只是悠閒地聊著日常生活。

復載時間未定

——後來的身體狀況還好嗎？

我想應該不要緊。後來我並沒有持續接受檢查，但休載讓我的工作量大減，身體狀況也好轉了。最開心的就是我不再頭痛了，不過偶爾還是會腰痛和背痛，也不確定是不是年齡造成的。但是工作已經沒有塞得那麼滿，等到《REAL》出版後，今年內要完成的工作就告一段落，真是太棒了（笑）。

——《浪人劍客》的復載計畫還是一片空白嗎？

目前什麼也沒有決定，也沒有討論任何關於復載的事。上次訪談中，我有提到什麼嗎？

——兩個月前跟老師聊的時候，你笑著說「『MORNING』編輯部最近甚至連一封MAIL也沒有寄給我」呢。

是啊，的確是這樣。我記得好一陣子都沒有任何音訊呢。是我單方面向編輯部說我還不想決定復載的時間……啊，不對，我是說：「一定要刊登在雜誌上才行嗎？」我有提到是不是非維持目前這種漫畫週刊雜誌連載的形式不可，雖然沒有開口，但是我也考慮過不在週刊發表，轉往其他雜誌繼續連載的可能性。

『MORNING』是主流漫畫雜誌，能在雜誌上連載當然非常榮幸，可惜我目前的狀況無法定期發表，根本稱不上是連載。所以我有詢問編輯部其他方式是否可行。

——針對這個問題，編輯部的回答是？

對方說無論用任何形式，都希望在雜誌上發表。真是太感謝了。

——所以老師有意讓《浪人劍客》復載沒錯吧。

是啊，遲早會畫。

——有沒有思考過想嘗試什麼樣的形式，或是擬定任何計畫呢？

關於《浪人劍客》，目前完全沒有。

但是，我一直有想要改變的心情。過去的方式，也就是每個星期在漫畫週刊雜誌畫20頁的方式，我已經辦不到了。假如貿然恢復連載，只會給更多人添麻煩，對讀者也過意不去。結論就是我決定放棄這種連載方式。若要現在復載，我能做的就是累積到一定的稿量再交出去……雖然是非常籠統的說法，不過卻是實話。

——幾乎都沒想到《浪人劍客》嗎？

偶爾還是會想一下啦，比方說「啊，如果這個地方這樣處理不知道會怎麼樣？」之類的點子。作者的腦子並沒有完全停擺，看到某些東西的時候——坦白說是什麼都好，樹木或鳥類都可以——腦海就會突然浮現「若是小次郎變成這樣會如何、這時候武藏的想法會是」的念頭……我會有類似這樣模糊的想法，但沒有認真記錄下來。

——現在跟它保持距離對吧。

算是在觀望吧，觀望著許多事情。

既然有稍微想到、思考《浪人劍客》的事，就表示我的腦子並沒有完全停擺。只不過目前我有完全停下腳步的感覺，我決定跟著感覺走。過去，在任何狀況下，我隨時隨地都在工作，所以偶爾停止前進也不錯。而且我也認為值得這麼做。

休載中的生活

——離開《浪人劍客》後，最近對什麼事物感興趣呢？

決定休載後，我做的第一件事情就是加入健身中心的會員。我想游泳，於是我選了離家最近的運動設施，走路就可以到是最吸引我的一點。我在那裡拍了照片，拿到了臨時會員證。

但是後來我就沒再去了。

這麼一想，好像快兩個月了。坦白說我連幽靈會員都稱不上，因為提出申請之後，下次再去就要辦理轉帳扣繳會員費的手續，但是我連第二次都沒有去，所以到現在都還是臨時會員。結果前陣子我收到繳費通知，我想是因為我沒有辦理轉帳，要我帶繳費通知去繳費吧。我是還沒付啦……總之我連去都沒去，就面臨會員資格要被取消的危機（笑）。

——有沒有喜歡的電影和書籍呢？

我最近沒看電影。嗯……到底做了什麼呢……總之有看書就是了。不對，與其說是看，不如說是我買了想看的書。這些「總有一天會看」的書越堆越多。

至於問我現在對什麼感興趣，或是開始注意什麼，有是有，但是很難解釋清楚。不過我的想法和看法的確在改變。

舉例來說，我在幾天前出席了年輕朋友的婚禮。

新郎新娘非常清純，婚禮十分正經。他們兩個人的模樣非常自然，正覺得這是一場很棒的婚禮時，突然有一種從來沒有體會過的感覺，就像我站在遠處觀望一樣，不是冷淡，而是一股很安詳的感覺。

眼前所發生的事就像一場夢。我用這樣的心境俯瞰著一切。

那一天婚禮結束之後，我跟家人去了迪士尼樂園，這是早就排定的行程。晚上有遊行，我望著裝有數量驚人的燈飾、閃閃發光的遊行隊伍，又有了跟白天參加婚禮時同樣的感覺。

在場的眾多遊客——著米老鼠帽的中年大叔、全身穿著迪士尼服飾的情侶、天真無邪的孩子們——再加上遊行，具有象徵性的景色出現在眼前，這一剎那，我突然有了「啊，原來這就是人生啊」的想法。當時的我一直處在遠眺的狀態。

英文有個字叫作「struggle（掙扎、奮鬥、糾葛、費心）」，人生就是一連串的掙扎，還包括辛苦和糾葛，這樣才稱得上是真正的美麗……用美麗形容或許太誇張了，但是我發現自己是用一種憐愛、會心一笑的心境在看遊行的。也可以說，有一個用客觀眼光去看待事物的自己存在著。

那裡沒有善惡，陶醉的孩子們、開懷的大人們、拚命取悅遊客的工作人員，一切的一切都是如此正確，這就是我當時的心情。

真的很不可思議。那的確是一種「遠眺」的感覺。

——兩件事在同一天發生，這表示……

彷彿是一種象徵呢。

——漫畫展結束、連載暫停，身體不適的情況也稍微好轉，「內心空虛」的感覺會不會越來越強烈呢？

過去確實有過「在泥沼中掙扎」的時期。說不定連載《浪人劍客》的時候一直都是這樣。這樣的時期太長了，現在可以說我正要離開那裡，也可以說我正要甩開那種狀態。不過，我想目前的感受就是自己拚命掙扎的結果，也或許是我已經進入「可以感受到變化」的狀態了吧。

我不知道理由是什麼，但最近這種情況真的很多，許多事情都浮上了檯面。人、眼前的風景、書中的一段文章、偶然聽到的一段歌曲、某個人所說的話……這種現象越來越明顯。現在的我非常享受這樣的「感覺」。

啊，對了，上次我從工作室走路回家，大概花了一小時，感覺非常舒服呢。夜晚月色非常美，走著走著，身體暖了，各種思緒也同時湧上心頭，持續步行一段時間就好像進入冥想狀態，那種感覺真棒。

不再有東西需要添加

——或許是年紀使然，一方面越來越想不起別人的名字、健忘，但是另一方面也變得比較敢做過去做不到的事情，有了前所未有的想法，或是對不曾感動的事物有所感動。我覺得最近這種情況越來越多了，彷彿有什麼東西在轉移呢。

某種存在過的價值觀已不復見，應該說是那個模糊的東西現在正要成形吧。或許這就是整個世界的趨勢。

——英文有句話叫做「Let it go＝放下吧」，我最近確實感覺到某部分的人正在這麼做。

巧的是目前書店買得到的『週刊YOUNG JUMP』中，《REAL》的野宮身上穿的T恤，我好像就是寫了「Let it go」還是「Just let go」呢。

不過，坦白說我真的沒有任何需要「繼續添加」的東西了，也沒有特別想要添加什麼。或許以前很想要，但目前我沒有任何慾望，反而有很多東西想要除去、卸下。

——假如能卸下所有的事物，感覺一定很舒暢。暫時不碰《浪人劍客》，或許就是這麼一回事吧。不過老師還是繼續在畫《REAL》，所以也沒有完全放下吧。

我還是跟世界緊緊相繫呢（笑）。

我覺得《REAL》真的很厲害，無論我處於什麼樣的狀況，就是有辦法畫。當然這也是因為有責編助我一臂之力，他讓我工作時得心應手，也會積極地幫忙採訪，讓我能扮演好「其中一個小齒輪」的角色。雖然《REAL》在表面上呈現的形式也是漫畫，但是以我的認知來說，它更接近「職業漫畫家做著份內工作」的感覺。

《浪人劍客》則是挑戰了超越漫畫這個範疇的事。反過來說，在範疇

內進行的就是《REAL》。

——目前不畫《浪人劍客》，想必有你的理由吧？

我想應該有。因為我在一知半解的情況下一直畫，不知不覺便失去了自由，甚至搞不懂自己到底不明白什麼。原本應該有360度的價值觀，漸漸地被「必須是這樣才對」的想法侷限了。原因就在於來自四周的壓力、先入為主的觀念……等各種事情吧。

——最近有看漫畫嗎？不論誰的作品都可以。

最近沒有看呢。

——關於用iPad發表漫畫，老師有什麼想法？

在日本，漫畫雜誌這種媒體可以輕易取得，在便利超商、車站都買得到，還可以在通勤搭電車時閱讀，也可以隨手丟棄。我曾經想過，放棄這麼便利的手段選擇電子書到底好不好？讀者會願意選擇電子書嗎？再說，用手指在螢幕上翻頁瀏覽，這個動作跟看紙本是一樣的，既然一樣那看書不就好了。除非是為了iPad這種裝置所衍生的表現方式，否則有困難吧。表現的東西完全一樣，只是把容器從紙轉換到機器，這樣可行嗎？不過我並不擅長使用那種東西，今後會演變成什麼情況，現階段我還不知道。我是有iPad，不過那是別人送我的，我還不知道怎麼用。

——今年過年打算悠閒地過嗎？

新年我預計要回九州老家，然後1月下旬前往美國。每年我都會去和得到『灌籃高手獎學金』的孩子們見面。

——這麼看來，《浪人劍客》應該不可能在明年1月復載囉。

原來你期待聽到我說出這句話啊（笑）。我真的不確定。

——假如老師就這樣休載一、兩年完全不畫，不知道會變成什麼樣？

以前我也有過長期休載的經驗，復載的時候，武藏的氛圍變了很多。休息太久的話，不只作者的內心世界，連畫風也會跟著改變。假如武藏再次出現時，變成《天才BAKABON》（註1）**那樣的人物，我想一定會非常驚人！**

※註1：天才BAKABON（天才バカボン），赤塚不二夫的作品。

屏風「親鸞」——來自東本願寺的委託

彷彿惡鬼般的嚴肅側臉

2011年3月上旬，井上不分晝夜地待在畫室。畫室樓下有個類似體育館的空間，過去他在這裡為『最後的漫畫展』繪製了巨幅的畫。井上在這裡閉關了10天左右，不分晝夜馬不停蹄地畫著水墨畫。那些是要交給京都東本願寺的屏風圖，交期迫在眉睫。

東本願寺委託井上繪製屏風，作為「宗祖親鸞聖人第七百五十回御遠忌」的紀念事業之一，主題為「親鸞聖人的動盪人生」。屏風是六曲一双

（左右成對的屏風，每一座屏風有六片），左右各高2公尺12公分，寬5公尺82公分。

《浪人劍客》與《REAL》的連載、『最後的漫畫展』、為了東京新木場的東京都現代美術館「ENTRANCE SPACE PROJECT」所繪製的巨幅水墨畫，過去井上曾經數度與截稿日苦戰並完成作品。他身邊的工作人員和相關人員，心情在「他不要緊吧」和「他絕對沒問題」之間搖擺不定，卻仍然支援他、守護他、陪他一起熬夜。每次都是在最後關頭才畫好，但井上說到做到，而且完成的作品都是最好的。

但這次的「親鸞」，情況卻跟過去不太一樣。

筆者為了採訪來到畫室，樓下大房間裡的井上，看起來似乎走投無路的樣子。

左右兩座屏風上還留有很大的空白，那種緊迫的感覺，跟擔心他是否能趕得上交期完全不同。從井上的背影可以窺探到，他並非在煩惱能不能完成屏風、能不能畫出他認為最好的「親鸞」，而是更根本的苦惱、糾葛、迷惘。

體育館般寬敞的房間，沒有任何暖氣設備（井上身旁只有一個石油小暖爐），非常寒冷。那是一個天花板很高，空間寬敞，凍得徹骨的空間。彷彿和那個空間相呼應似的，我感受到銳利的緊張氣氛，結果我不敢對井上說任何話就離開了。當時我拍了幾張照片，但之後卻猶豫是否該按下快門。為了避免發出腳步聲，我沒穿拖鞋，只穿著襪子滑動，拍了好幾張照片。我可以感受到氣氛非常緊繃，不時看到的井上側臉，臉色慘白、面頰削瘦，說他的表情像惡鬼或許太過分了，不過確實非常恐怖，讓我聯想到進行嚴苛修行的苦行僧。舉辦『最後的漫畫展』，繪製東京都現代美術館的水墨畫時，雖然他也有過不確定能否趕上交期的經驗，但我深深體會到這次的情況和以往完全不同。

這一天已經3月6日了。先前我曾聽說，3月9日、最慢在10日就必須寄到京都，否則就會趕不上在當地的後續作業。

近松譽次長的願望

東本願寺曾經在親鸞聖人第七百回御遠忌時，委託版畫家棟方志功製作紙拉門的圖。50年後，這次接到東本願寺委託的人，則是漫畫家井上雄彥。

一名漫畫家要為宗派遍及全世界的總本山繪製宗祖的圖，而且這件事還是宗祖的第七百五十回御遠忌重要紀念事業的一環。筆者聽到這件事時，老實說相當驚訝。

紀念事業的負責人，東本願寺總務部（現為出版部）的近松譽次長，後來在京都接受了我的採訪。

「這次的紀念事業企劃由我負責統整。這是4年多前的事了，為了籌備御遠忌，我要求年輕一輩提出名單，年輕人馬上說出井上老師的名字。其實我沒看過《灌籃高手》（笑），但因為年紀的關係，我有一套《浪人劍客》，而且非常著迷。我早就知道井上雄彥這號人物非常厲害，當年輕一輩提到這個名字，我首先想到的就是『喂，難度也太高了吧』，因為他是我心目中『異常厲害的高手』。不過，既然年輕人也想到他，為了實現年輕人的願望，我打算先試探看看有沒有合作的可能，於是找了廣告業界的朋友商量。」

近松說的是4年前，也就是2007年發生的事，當時還沒有舉辦『最後的漫畫展』，在上野之森美術館第一次舉辦『漫畫展』是在2008年。換句話說，東本願寺的年輕一輩會提到井上雄彥的名字，純粹是受到他的漫畫世界所感動。絕對不是因為看了『漫畫展』，就隨便有了「既然能畫出那麼大張的武藏水墨畫，大概也能在屏風上畫親鸞聖人吧」的念頭。沒錯，終究還是因為《浪人劍客》。因為近松和年輕人幾乎每星期都會翻閱『MORNING』、看他的漫畫，屏風「親鸞」才得以實現。

再繼續回到近松的談話。

「這將會是一個流傳後世的工作。我們是真宗大谷派的本山，屏風會流傳100年、200年，甚至更久。正因為如此，大家都有既然要自己企劃，就不要留下遺憾的想法。我們不想隨便委託人，我們打算央求一個非他不可的對象，不想後悔。站在我的立場，既然年輕一輩提出了企劃，我也不想讓他們有『什麼嘛，結果上級只是敷衍我們，我們提的點子白費了』的想法。『好，我知道了！』這是我的回答，我也舉雙手贊成，姑且就先試試看吧！然後我就把這件事告訴職員和部長等人。職員和部長都是稍有年紀的人，沒聽過井上雄彥的名字，當然也不知道《浪人劍客》和《灌籃高手》。一開始他們只說了：『下次回我自己的寺廟時，問問我女兒或兒子好了。』後來，職員們聽到兒子女兒說：『爸！那個人很厲害喔！』結果大家都很驚訝呢。」

近松笑著說道。

讓活在當下的人感動的畫

井上雖然是難得的人氣漫畫家，但要是有死腦筋、守舊的人因為「漫畫家」這個頭銜而拒絕向他邀稿，那也無可奈何。

我對近松說，委託井上需要相當大的勇氣。「沒這回事。」近松面帶認真地表情回答我。

「你錯了。我一直有看《浪人劍客》，所以我很篤定能畫出這種作品的人，肯定能畫出很棒的親鸞。

佛畫有一種樣式美。佛或是高僧坐的位置、方向、裝束，都有固定的形式。傳統樣式當然很重要，但我想要的是『讓活在當下的人感動的畫』。如果是井上老師畫的親鸞，一定能更直接地打動對佛、佛教或寺廟沒興趣的人。特別是我想讓年輕人有所體會。

其實《浪人劍客》就有打動年輕人的某些要素，否則它不可能那麼暢銷，年輕人也不會買來看。我認為在《浪人劍客》、或是井上老師的作品裡，一定有人們追求的東西，所以不必提什麼勇氣，光是能拜託井上雄彥這號人物，就是一件非常幸福的事，這是理所當然的。不要畫地自限，總之就是氣勢十足地衝去拜託他，萬一遭到他強烈拒絕，到時再向上級賠罪就好。

長輩們並沒有反對。他們只是不認識井上老師，所以只要鍥而不捨地說服他們答應就好。『包在我身上，絕對會完成一幅很了不起的作品！』我差不多是像這樣排除萬難的。」

其實，我訪問近松次長的時候，井上本人、以及在『漫畫展』曾擔任過製作人，這次也擔任負責人的大桑仁先生，就坐在我身旁。

聽到近松的這番話，井上邊苦笑邊說：「他真的很有勇氣，畢竟我只是一個漫畫家。假如沒有按時完成，那我只好切腹謝罪了。」大桑向我坦白：「這次真的是我第一次覺得一定趕不上交期。」「這次是第一次嗎？」

井上半開玩笑地反問，大桑一臉認真地回答：「這次是我第一次覺得趕不上。」接著在場的所有人都笑了。

笑歸笑，但並非打從心底的那種大笑。最近很多日本人都把「笑」收起來，封閉在內心深處。我和井上、大桑一行人，在京都跟近松次長暢談，是2011年3月26日的事。這一天，井上第一次在京都的東本願寺，看到自己的畫成為屏風並放在榻榻米上展示。歷經3月上旬的苦戰，屏風圖終於趕上了交期。

結果，一直到3月10日清晨，井上才完成了屏風圖。

他連忙用大型電風扇吹乾、包裝，在同一天，載著屏風圖的卡車也朝東本願寺出發了。「3月10日」真的是如假包換的最後期限。

然後，就在井上畫完並寄出親鸞屏風的隔天，發生了大地震。

不上不下的日子

2011.4

筆者跟井上聊到，把親鸞的屏風圖交給東本願寺後，就進行下一次的訪談。確定3月10日寄出之後，隔天11日下午4點，我就跟井上約好要去畫室拜訪他。

3月11日下午，再過30分就準備出門前往井上的畫室時，大地震發生了。

我立刻打電話給編輯（地震剛發生，電話還打得通），等他打去井上的事務所時，電話已經不通了。幸好網路是通的，之後我們便用MAIL連絡。不久之後，井上的事務所傳了一封MAIL給我。內容是「目前狀況不明，也可能發生餘震，今天的訪談就先暫停，改天再說吧」。接著，海嘯襲擊了關東到東北的太平洋沿岸。

之後再見到井上是在3月26日，地點是京都的東本願寺。在親鸞屏風開放給一般民眾觀賞之前，率先在這一天召開了記者會。到了4月，屏風開放給一般民眾觀賞時，我在井上的事務所進行了訪談。那是一個帶有春天氣息，感覺暖洋洋的日子。

不再需要的親鸞幕後設定

——上個月在東本願寺開記者會時，第一次看到自己的圖變成屏風，有什麼感想？

一言難盡。我動筆之前有先想像做成屏風後的模樣，也思考過若是能做出某種效果一定很棒，幸好做成屏風後非常成功，效果還算不錯，讓我鬆了一口氣。

——今天外面很溫暖舒適，但是一想到核電廠又不覺得了。

的確。東京都知事說大家應該要自我約束，避免去賞花，我認為這種事不應該由政治家刻意強調，或許我們更應該思考電力相關的事。不過，在櫻花樹下若能體會到什麼，我認為在這個時間點更應該去賞花，只是沒必要點一大堆燈飾然後喧嘩吵鬧就是了。

——前陣子開記者會時，我去了京都。搭新幹線大約只要兩個半小時，但是京都和東京給人的感覺截然不同。用悠閒形容京都或許有點誇大，不過那裡給我的感覺就像另一個世界。

再怎麼說都和東京不一樣啊。人的表情也是，東京人都很緊張、鬱悶，或許是相由心生吧。總之我也覺得不一樣。

——地震、海嘯、核災……在無法應付現況之下，到頭來不管跟誰聊，都會扯到核電廠的問題。

確實如此，無論走到哪裡談的都是核電廠。不論是在家附近散步，還是經過神社或寺廟前，總會看到許多人雙手合十祈禱。連帶著孩子外出購物的母親，也會靜靜地祈禱。

——回到屏風的話題。老師是在什麼時候和東本願寺的近松先生一起旅行，探訪親鸞蹤跡的呢？

我們先去了比叡山。我忘了是在2010年年底，還是過完年才去的，有點不確定，總之就是這個冬天。然後2月去了新潟和茨城。

我記得比叡山非常寒冷，冷到讓你有「怎麼會冷成這樣」的感覺。我們向那裡的僧侶請教，所謂的「行」，或者說是「修行」，具體來說到底要做些什麼事。據說要斷食、不睡覺、在寒冷的佛堂中不停行走，休息的時候只能讓身體稍為靠在類似扶手的竹子上……比叡山的版本應該稱之為「苦行」吧，我是耳聞過他們的修行既痛苦又艱難，實際踏上那個地方，反而刺激了我，讓我重新思考「行」的意義到底是什麼，透過修行，人到底能得到什麼，又為何要那麼做……

於是我的疑問變得越來越多。運動類的辛苦練習，為的是學習技術，藉由反覆練習讓身體記住，這個我可以理解。但是在漫長的修行中，只能有短暫的睡眠，這樣有害身體吧？把身體逼到絕境，若能得到什麼，那一

定是我無法理解的東西。

——東本願寺的記者會上，前來採訪的一位記者問道：「這是幾歲左右的親鸞呢？」老師的回答是30歲後半到40歲前半左右，也就是接近老師自身年齡的親鸞囉？

不，不是這樣。親鸞流亡到新潟，之後來到關東，當時約30到40歲左右。那時候的親鸞既不是僧侶也不是俗人，算是普通老百姓。我認為他在那個時期一定思考了許多事情，對我來說，那個時期的親鸞比較容易親近。那個年代的親鸞，並不是一種遙不可及的存在。

——光看屏風的圖，難免會像記者會上一樣有「這裡是哪裡？」、「他是幾歲？」的疑問。但現在聽了老師的解釋，果然還是有故事的。原來老師是在他的人生中挑了那一段去畫啊。

我是漫畫家，這次的工作能仰賴的也只有漫畫。我只有漫畫，所以畫了20幾年的漫畫是我的基礎。我不是一名畫家，光畫一對屏風，實在無法傳達任何訊息給別人。

既然身為漫畫家，當然要有故事，人活著總有前因後果，我認為我畫的是整個故事的其中一格。假如我畫的時候不留意這一點，就枉費對方把這份工作委託給我了。

也因此，所以有很多幕後設定喔。包括畫在屏風上那一瞬間前後的故事，我做了許多設定……可惜因為這次地震的關係，失去了發表的機會。

——意思是還有其他畫好的、或是該畫的東西嗎？

我沒有畫出來，但是有做設定。親鸞身邊許多民眾的其中一人，其實也有自己的故事，而且聯繫著活在屏風裡的人們和活在現世的人們。

不過，用不著我畫出來，因為這次的地震已經讓他們的故事更加鮮明了。我覺得沒必要刻意把虛構的人物，比喻成現世的某個人。

——井上老師在3月10日畫完屏風圖，隔天就發生了大地震，再加上這張圖，你覺得有沒有關聯？

不只這次，我經常感覺到冥冥之中，某些事物和某些事物都有所關聯。不過這次的地震和我的圖與工作是否有關聯嘛……我不認為有這麼巧就是了。

這次的圖，在我決定要怎麼下筆之前，其實花了很多心力，畫了許多素描。

論結果，我完成的東西和我一開始構思的東西其實相差無幾，卻繞了好幾圈遠路。看來就是要多繞幾圈，才有辦法定下來。繞遠路應該讓某些東西有了改變吧。

「難能可貴」的經驗

——宗祖的第七百五十回御遠忌紀念屏風，會永遠放在知名寺廟展示，這件事對井上老師有什麼意義呢？

750年的時間，往壞處想是一個非常沉重的負荷。繪製之前就被告知這張圖會流傳好幾年，畫的對象是親鸞聖人，負責畫的是漫畫家……客觀來說就是「饒了我吧！」的感覺，以正統的、也就是美術界的學術性批判而言，我的圖擺明了就是邪門歪道，完全沒有承襲正統的規則和傳統。

但是，在我接下這份工作時，大家就很清楚我不會用傳統的方式去畫。臨陣磨槍用日本畫、水墨畫的規則、技法或傳統去畫，那才叫做欺瞞呢。佛教的知識、真宗的教義，還有如何掌握一個人的人類觀，不是一朝一夕學得來的，沒辦法矇混過去。

我認為東本願寺一定是從漫畫家井上雄彥身上看到、感受到了什麼，才會委託我這份工作。站在我的立場，我必須不裝模作樣，不畫出乍看之下煞有其事的作品，要排除因惶恐而產生的欺瞞再去畫。我必須坦蕩蕩，毫不畏懼地表現出「我畫的圖、我筆下的世界就是這副模樣」的態度，這才是我非做不可的事。我算是一邊和自己戰鬥，一邊完成了這份工作吧。

──我想老師多半的時間都在戰鬥，過程想必很艱辛。上墨的時候有哪個瞬間讓你感到開心嗎？

當然有，應該就是交期迫在眉睫的最後一天晚上，還是前一天晚上吧？當時沒有安排製作過程的拍攝作業，只有我自己一個人在作畫。

圖畫的走向全掌握在自己手中，這件事令我感到欣喜。想到我被委託了如此重要的工作，又想到雖然這份工作非同小可，但是憑我的雙手就能任意擺佈。這些念頭同時湧上心頭，讓我感到很快樂。只有我能讓這幅畫達到巔峰，如此的自由讓我情緒高漲。該怎麼說好呢？舉辦『漫畫展』時也有過相同的感覺，一旦有了這種感覺，內心的情感就會接二連三地湧上心頭，那是一種……感謝的心情。處在如此值得慶幸的狀況下，真的就只有「難能可貴」可以形容了。結果越畫越開心，明明只有一個人，卻自然而然地傻笑起來。當時快樂的情緒真的是不停地湧上來呢。

「現在，生命伴隨著你。」

——井上老師最喜歡親鸞這個人的哪一點，對他哪些部分有共鳴呢？或者說，假如今天你能見親鸞一面，你想對他說什麼？

別這麼說，這樣我會覺得很惶恐。

不過，要我說的話，我自認學習得還不夠，要是被質問「你憑什麼說你懂了？」的話，我也只好道歉了。因為我真的什麼也不懂。即使如此，我還是努力在尋找是否有與他相通的地方。

對親鸞的敬畏，在他生存的時代過後，這段漫長的歲月裡，有幾百萬、幾千萬人為之崇拜、奉獻、祈禱，直到現在還是有許多人遵守著他的教誨……一想到這裡，我就不敢輕舉妄動了。

第七百五十回御遠忌的主題是「現在，生命伴隨著你」，看到這句話，我內心有相當大的感觸，後來這句話救贖了我好幾次。

屏風『親鸞』的製作情景

因為有活在將近800年前的親鸞，因為他的偉大，現在許多人才會注意到我的畫。這麼重要的工作，絕對要繃緊神經才能勝任。在恐懼油然而生的時候，我心想假如「現在，生命伴隨著你」這句話是真的，那麼就是800年前親鸞的生命讓「現在的我活著」。假設有幾萬人打算來看我的畫，而相同的生命也存活在那群人之中，那麼所有人都是一樣的。既然如此，我只要把我煩惱苦思的事，全都發洩出來就好了。這次要著手畫屏風圖時，以及埋頭作畫無法做出決定時，我感覺都是「現在，生命伴隨著你」這句話在背後推我一把的。

我發現有些事情，我會交給身體裡的深層世界去處理。當然這不代表一切。當你專心做某件事的時候，根本不知道手會怎麼動。這樣的感覺該怎麼說好呢？這會不會就是我追求的東西呢……我不斷地畫，就是想要再次體會、想要更深入了解這些，就在這時候接到了這次的工作。知識和技術固然重要，但那是表面的，每個人的內心深處都有更普遍的體會。

在我活動身體時，內心深處會有一個「東西」。以我的形容來說，就是白色、像水一樣不具形狀、沒有盡頭……我稱這個東西為「理」。它就

是所有生物的生命，存在於每個人的內心深處，因此我才能相信「現在，生命伴隨著你」這句話。750年的歲月、幾百萬的人民，乍看之下非常沉重，若把它變成直線，一定很長很重。若是把750年的歲月和幾百萬人用橫線串聯，就會發現大家都是環環相扣的。我作畫的時候認為，只要對這一點深信不疑，把自己託付給深層世界，就一定不會錯。

——親人過世時會受到打擊而感到悲傷，假如那個人和自己沒有關係，就不會產生這樣的情緒。但這層關係絕對不只是表面上的認識。看到海嘯在短時間內奪走那麼多生命的影像，不光是人，還有樹木、昆蟲、貓狗、牛隻和花草都被大水沖走，即使沒有在現場親眼目睹也會感到無比心痛。一想到自己的生命可能也和那些消逝的生命緊緊相繫，我就……

這次我畫親鸞真的碰到了相當大的難題，很感謝有那麼多人都對我伸出援手。我甚至覺得冥冥中有不是這個世界的東西在幫助我。關於這次的屏風圖，我有許多內心話想說，可惜難以用言語表達，一言難盡啊。

隨處可見的「正確」

——3月11日以後，井上老師在推特上持續發表了「Smile」和「Pray」系列的圖對吧。

「Smile」從地震前，大約2010年底就開始畫了。硬要解釋的話，這系列是期待遇到困難的人看到之後，不要受到恐懼與不安等各種噪音影響，要面對內心深處那份祥和的真實，所以我偶爾會把畫上傳到推特。

要是有人說我的圖根本沒有這麼大的影響力，我也只能點頭稱是，假如有人因為我的圖而感到安心，那我會感到非常慶幸。我今天也會畫，因為我的本分就是畫圖。

——關於核電廠，老師有什麼看法？

過去無法改變，但是未來掌握在我們手中。我們可以決定今後要朝哪個方向努力。就算方向已定，若方向是錯誤的，也應該有機會修正。

——《浪人劍客》目前休載，那麼地震和核電廠會影響《REAL》的故事嗎？

故事本身是一個沒有地震和海嘯的世界，但我本身的改變肯定會反映在作品上。無論何時、無論發生什麼事，我只能認真地畫下去。不管什麼事，一定都會有影響或產生反映，否則我畫起來就沒有意義了。不光是實際感受到地震，西邊的居民也會透過電視等媒體，和我們擁有共同的體驗。不過，就算體驗相同，每個人的感受還是不盡相同。

——老師現在內心很平靜嗎？

我當然還是會擔心、有壓力，也會煩躁，但我覺得我沒有太大的變動。我本來就不看報、不看電視，不過一開始的災情我還是有看啦。

原本不需要去感受的事，因為受到觸發或是動搖，讓我越來越不安恐懼，我討厭這樣。

我偶爾也會睡不好。畢竟我完全不知道該相信哪些情報，或是怎麼做才適當。價值觀也是，有太多人強迫別人接受自己的正義。甚至也有人說我畫的「Smile」就是一種強迫。我可以理解這樣的想法，但我的本意不是這樣。每個人認定的正確都不一樣，我只是不想撲向近在咫尺的「正義」。我打算接受這個正確隨處可見、不上不下的狀態，順應這一切。

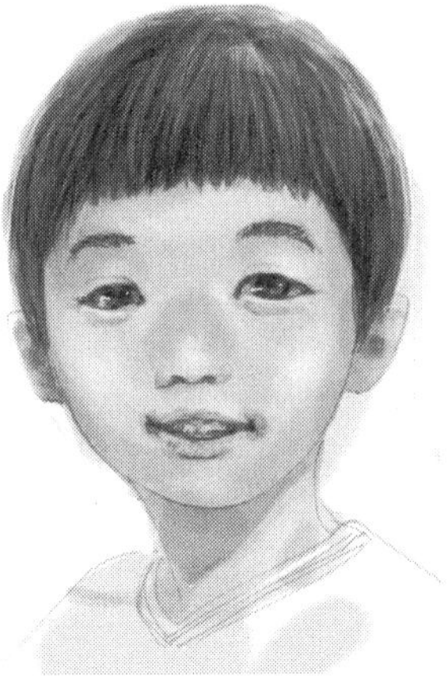

89

『Smile』(2011～)

提高來自內心的壓力

2011.9

東日本大震災發生後，已經過了半年。

京都的東本願寺，於黃金週再度展示了井上繪製的屏風。因為碰上宗祖親鸞聖人第七百五十回御遠忌，地點在春天的京都，又遇上連假，讓大批人潮湧入東本願寺。有個說法是，地震使得前往國外的旅客驟減（造訪日本的外國人也驟減了），有許多人轉而選擇了國內旅遊。雖然京都一整年都充滿觀光客，但是今年春天確實多了許多遊客，每間飯店都人潮洶湧。許多寺廟和神社都設置了捐款窗口或捐款箱，似乎在對前來觀光的民眾傳達「震災就在身邊」的事實。不只觀光客，想必也有許多人是為了祈禱而造訪京都的寺院吧。

《浪人劍客》依然休載，不過《REAL》還是繼續連載，而井上也進行了各式各樣的工作。

調整為每月連載一次

——今年夏天是怎麼度過的？

結果我在夏天沒有安排長期旅行，只去了兩次鹿兒島。工作方面則有《REAL》的原稿，還畫了小型義賣用的圖。朋友要去國外進行熱身賽，問我能不能提供作品，我正在慢慢畫那些圖。

坦白說，我本來打算在今年夏天讓《浪人劍客》復載並提出一些構想，結果還是沒辦法（笑）。對了，《浪人劍客》的責任編輯換人了，新責編大概40歲左右，可以算是資深編輯吧。當我的責編之前，聽說是紅酒漫畫《神之雫》的責編，是一個非常喜歡漫畫的人，也稱得上是一個「與眾不同的人」（笑）。我認為對方是一個可以認真聊的人。我還沒復載，所以他算是還沒有跟我共事過，即使如此，我們每個月還是會見一次面，他說我們可以多聊聊好提升幹勁，我們還一起吃過幾次飯。

說實話，來自內心的壓力的確越來越大。

我只是說得很客觀而且從容罷了。

——所謂來自內心的壓力是指什麼？

意思是我心中漸漸產生了想畫的東西。畫圖的慾望逐漸高漲……這麼說好像不太一樣，不過想畫的情緒確實在慢慢累積，若隱若現，大概就是這樣吧。

因為我沒辦法給任何保證，所以責編好像承受了許多來自外界的壓力。總編輯和職員們一定會問他目前的情況到底如何，我猜他都替我擋下來了。他對我說，他願意等我做好萬全準備再復載。

——所謂的做好萬全準備，當然是指井上老師開始動筆的時候吧。事實上沒有定下截稿日，畫家也不會動筆對吧。聽起來好像禪修問答喔。

我想排除這種連載方式，也就是告別「先決定預設條件才能動筆」這

種方式。我快要可以恢復到更單純地從事創作，並享受畫漫畫樂趣的狀態了。我想找回本著天真無邪的心情去創作的態度，我想我應該辦得到。

──如果用這樣的心境讓《浪人劍客》復載，故事走向和畫風之類的，一定會漸漸改變吧。

這些事要變就可以變。作品是內心的呈現，無論什麼時候都可以改變。作品會隨著我的生活態度而有所改變，這是無庸置疑的。

新責編說要把連載改成每月一次。每個月畫一次，刊登後稍作休息，下個月再繼續畫。其實『MORNING』以前就有每月連載的制度，剛開始連載時，也曾經討論過要不要選擇每月連載，一開始我也是希望用這樣的速度連載。但後來因為許多因素，最後決定以週刊的步調連載。到時候如果能讓我每月連載，我也想嘗試看看。當然啦，這樣每次刊登的頁數就會增加。

過去的連載是以每週20頁為基本量，每星期都刊登的話，故事就會越

畫越多。假如《浪人劍客》要收尾了，那我希望可以增加每一回的頁數，這麼一想似乎每月連載比較適合。以前我嘗試過隔週連載，就是畫小次郎篇的時候，當時非常辛苦，我覺得那一段是最痛苦的時期。

——但另一方面，假如增加頁數改成每月連載，故事也有可能變得更長吧。

當我習慣了新步調，確實有可能因為畫得很舒服就越畫越長。但是目前我完全不確定，因為我什麼也沒畫，根本還沒開始。

——這一陣子，老師都沒畫《浪人劍客》的圖嗎？

沒有。我不打算畫，因為我想藉此提高來自內心的壓力，所以刻意暫時不畫。不過，倒是有在簽名的時候畫個小圖。

——這麼說來……老師的情緒已經不像休載前畫最後一段時那麼興奮囉？

肯定沒有，但是沒回頭看作品，我也不敢斷言。說不定看了就會咻的一聲進入那個情緒呢。

——老師以前也休載過好幾次，當時的情況是？

那是在小次郎篇之後，以漫畫單行本來說是第20集和第21集之間。當時很痛苦，我把書闔起來放在旁邊後，大概有一年的時間都沒去碰它。這期間內心的壓力也逐漸升高，我記得畫第21集開頭的時候非常高興。至於畫風，當時角色的表情也有很大的改變，想畫圖的慾望變得比以前更強，因而能顧及到每個細節。對線條的用心方式，或者說是每一條線的密度都不同。就算事後再看也會發現線條帶有「堅韌」的感覺。只要隔一段時間不畫，想畫圖的慾望就會明顯呈現在畫面上，可見休息也是有好處的。

《REAL》有著當漫畫家的樂趣

——雖然《浪人劍客》一直休息，這期間《REAL》卻沒有休息。這兩者完全不同嗎？

完全不同。我不確定自己有沒有劃分清楚，但是《REAL》沒有全新的挑戰，也沒有打算用更帥的表現手法去畫，至少在畫面上沒有。畫《浪人劍客》時則有「繪圖的挑戰」，我會想盡辦法畫出最好看的圖。這也是畫《浪人劍客》的行為中最有趣的一點。至於《REAL》，我是憑原有的實力去畫的，努力的地方不同。

——《REAL》這部作品，包括主角坐輪椅這件事，對井上老師來說都是未知的世界。在這層意義上，相信也有些無法計算測量的東西。和《浪人劍客》相較之下，你還是認為《REAL》比較接近現實對吧。

當然，我並沒有體驗過那種生活，所以我都是用心採訪之後再畫的。這麼說好了，《REAL》是「繪製平凡」，跟《浪人劍客》的創作完全不同。我只要將眼前的幾種材料處理、組合就可以了，這樣的過程就是《REAL》。

《浪人劍客》則是屬於更私人的東西。它沒有方程式，連我自己都不知道我是不是把它當作漫畫在畫。說得更清楚一點，《浪人劍客》更接近在山裡亂闖、在河裡游泳這種行為。沒有規則，但必須用上自己擁有的一切，把自己擁有的技術，應用在各種場合，所以畫《浪人劍客》才會這麼累。

至於《REAL》，最近我把大家常說的漫畫製作方式，也就是漫畫製作的過程和步驟做得非常仔細，讓我重新發現了另一種有別於《浪人劍客》的樂趣，那是畫漫畫的樂趣、當漫畫家的樂趣。「不知道大家是不是都這樣繪製漫畫呢？」我突然有了這樣的念頭。譬如分鏡草圖，用電影手法來形容的話，以前我都用「照順序拍」的方式去畫，從頭開始畫到結尾，這樣就算告一段落，幾乎沒有回頭畫、剪貼、重畫的經驗。不過這次

畫《REAL》時，我嘗試了先畫好幾個場景，湊齊後再銜接、編輯。

——也就是像拍電影一樣，不知道會從哪裡開始拍對吧。因為預算、天氣、演員的行程、攝影地點的限制，有些電影會從最後開始拍起呢。

電影都不會照故事順序去拍，所以我也試著替換、挪動格子，當然啦，我會這麼做，其實也是有不得已的苦衷。

不過嘗試之後，我發現這種方法也有它的樂趣。以前我曾經試過，只是我忘了，現在算是回想起它的樂趣吧。

——換個話題。今年夏天上映，由泰倫斯・馬利克導演的電影《永生樹》（The Tree of Life），老師看了嗎？

看了。其實我早就認定這部非看不可了，前陣子才剛看過，是一部有點超脫常理的電影呢。我覺得真的很棒，非常敬佩，讓我想起了《200

1太空漫遊》(2001: A Space Odyssey)。雖然呈現的方式是電影，但是那種跳躍性思考跟《2001太空漫遊》有著共通之處。我邊看邊想，劇情的下一步會怎麼走？也很驚訝這種編輯手法居然會過關。這是一部製作人和相關人員都必須非常進入狀況才能完成的電影，看完之後還意猶未盡呢。看的時候很難不當成「電影」來看，但觀眾若能跳脫電影這個框框，不追究意義靜靜旁觀，或許是個不錯的選擇。

——漣漪的場景非常美，令人印象深刻。我認為這部電影和《浪人劍客》也有共通之處。

武藏和石舟齋對峙時，忽然插進岩石、花朵、石子等自然景物的描寫，有人跟我反應說他看不懂。若要向我追究這段有什麼意義，我也會很困擾，但我認為一定會留下些什麼。這部分我希望讀者自行感受，若能有所感動並在內心留下些什麼，那我會很開心的。

看過《永生樹》那種電影，創作者或許能從中得到勇氣。要將靈魂、生命、概念這麼普遍的事傳達給全世界，該用何種形式表現、是否需要故事、要賦予多少意義才行，我想都可以從電影中獲得啟發。看到電影不尋常的表現手法，就讓我勇氣百倍。任何事若是只追求「簡單易懂」，視野就會變得狹窄。我一直在追求「不受輪廓限制的表現手法」，所以碰到挑戰相同事物的作品，我就能藉此受到鼓舞，有一種「或許我還可以努力看看」的想法。

——反過來說，老師是否覺得有些事物沒辦法光靠漫畫表現呢？

如果要我解釋漫畫是什麼，應該就是「價格便宜，閱讀起來很輕鬆，內容有趣的東西」。在這個條件下挑戰可以隨心所欲，但前提是要讓讀者「看得懂」。若是無法讓廣大的讀者理解就會失去價值，以及非漫畫不可的必要性。這麼一來就代表不用漫畫呈現也可以。《灌籃高手》在『週刊少年JUMP』上連載，那裡有一個「暢銷作品」的大框框，用極端一點的說法來形容，相當於在遊樂園裡玩得很高興的感覺。不過我想做的已經不是

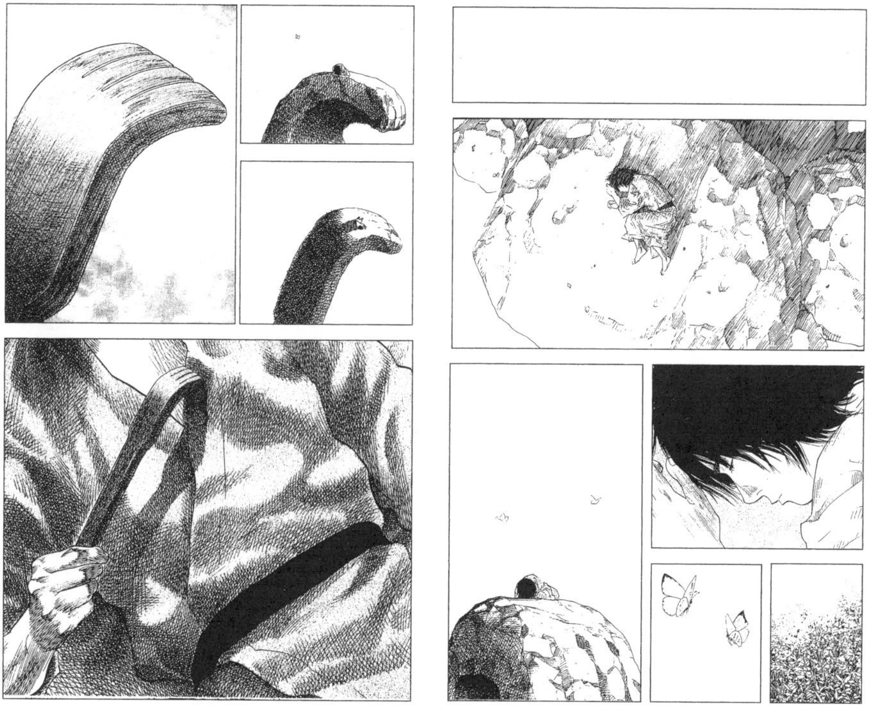

武藏與柳生石舟齋的邂逅（《浪人劍客》第11集 100話「真偽」）

那樣的事情，讓更多讀者接受、樂在其中的漫畫確實有存在的必要，但不一定要由我去畫。

我有意願畫出受大眾歡迎的作品，也認為有許多作品雖然不被大眾接受，但本身卻很優秀。我並不打算畫冷門的東西，反而強烈意識到作品必須被大眾接受才行。我會認真製作大多數讀者能接受的作品，就算只有少部分人可以全部理解，我也會繼續努力。雖然我知道很難。

改成每月連載後，我希望《浪人劍客》的立場也能稍微有所改變，承襲過去，然後進入另一個不同的階段。這樣是不是有一種變成老頭的感覺啊？

說了這麼多，可是目前仍然沒有復載，就連我自己都覺得應該先復載再說這些話才對呢（笑）。

「Smile」、高第

——用電腦寫文章可以輕易複製貼上，和手寫原稿相比更能自由地編輯替換，那麼老師會用iPad畫分鏡草圖嗎？

有一段時間我曾經用iPad畫過分鏡，現在又恢復用紙畫了。用iPad反而更麻煩，我會在腦子裡多加入一道手續，不像畫漫畫那樣，直截了當地從腦子輸出，結果變得有點過於慎重。或許只是因為我不習慣用iPad吧？所以我回頭用最原始的方式，拿筆隨手畫在筆記本上，這樣反而不會有多餘的步驟，甚至沒有自我意識，就只是一種自然的感覺。用iPad畫會加上一些有備無患的東西，有點違背自然。

——「Smile」倒是一直是用iPad來畫呢。

我偶爾也會用iPhone畫。「Smile」不需要分鏡，就只是一張圖。偶然看到很棒的笑容，像是擦身而過的人的表情令我印象深刻，我就會立刻畫下來，但我想每個人都有各自的複雜思緒吧。遇到難過的事會讓我很想畫，開心的時候也會很想動筆。

——對了，聽說老師在初夏時去了西班牙。

我去了巴塞隆納。前往那裡採訪是因為有建築相關的人士提案，主題是高第。這趟旅行的目的是欣賞高第的建築物，與還在世的高第相關人士，像是建築師等工匠們見面並進行訪談。

我曾經在奧運期間造訪過巴塞隆納，目的是去看美國第一支夢幻籃球隊打球。（由NBA的職業選手所組成的美國籃球代表隊，匯集了當時的頂尖高手，引起相當大的話題。）

那個城市到處都是藝術，食物也很好吃，是我非常喜歡的城市之一。這次的目的主要是高第，但還是不能不談加泰隆尼亞（Catalunya）的歷史與文化、巴塞隆納這個城市、當地的居民、語言，以及宗教。所以我不覺得採訪目的只是針對高第，我想學習所有相關的事物。

沒錯，我現在最想做的事情就是「學習」（笑）。

小時候我很討厭念書，應該說大家普遍都不喜歡吧。打棒球、踢足球、打籃球要好玩多了。不過長大之後卻反過來想要學習，真是不可思議呢。我大學沒念完就休學了，現在反而很想認真上大學，學一些專門的技術。我並不是想念數學社會那些科目，我只想學自己想學的東西。要不要考慮上大學呢……

朝復載助跑

2011.11

地震發生不久後的2011年4月，井上雄彥繪製的屏風『親鸞』，於黃金週期間分成兩次在京都東本願寺的大寢殿首度公開展示。邁入深秋的11月下旬，則在東本願寺的涉成園再度展示。

配合東本願寺公開展示『親鸞』，還製作了幾項周邊商品，並將販賣所得全數捐出。一開始並沒有考慮製作及販賣『親鸞』的相關商品，但由於地震受害情況相當嚴重，井上、工作人員、東本願寺便決定製作周邊商品並將所得捐出，為重建災區貢獻一點心力。

在上次的訪談中，筆者感受到井上對復載的強烈意願。以下的訪談是在上次訪談的兩個月後，也就是11月底，再過一星期就要邁入12月的時候所進行的。

一個人獨處的空間

——再過一個月，2011年就要結束了。

上次見面時，我可能說了「到了這時候，差不多該來畫《浪人劍客》的分鏡草圖了」這種話，但是我完全沒有動筆。我想你應該也猜到了（笑）。

——老師已經想好要用什麼形式復載了嗎？

還沒有決定要刊登在哪一期，我還在思考細節。與其考慮什麼時候復載，我更著重於該怎麼復載才好。應該裝作沒有發生過任何事一樣，從休載的段落開始畫後續呢？還是從別的支線故事開始畫起好？

連載形式已經決定採用「每月一次」的方式，但還不確定要從哪一期開始。編輯部可能希望從年末或是年初那一期開始復載，不過論時間已經

不可能實現了。

我已經休載超過一整年，所以自己是覺得，事到如今，不管再怎麼慌張也無濟於事。

——我想接下來老師才要畫分鏡，但有沒有想過復載後一開始的故事，或是已經掌握到了什麼呢？

我已經想好休載前最後一段故事的後續，但是我剛才也說過，從那裡開始畫不知道適不適合……

休息時間越長，越能站在客觀角度去看自己的漫畫。我回頭看了休載前的幾話，確實看得出來我很累。休載前好幾話的圖，都顯得非常疲憊，分鏡也是，畫的當下雖然覺得很快樂，但是重看就會發現非常亂。正因為如此，我才會煩惱該怎麼畫下去，現在算是陷入苦戰呢。

——「親鸞的屏風圖」和「西班牙巴塞隆納的高第之旅」，對休載中的井上老師來說都是規模相當龐大的工作。這些事在今後會影響《浪人劍客》嗎？

以意識層面來說是沒有，但也有可能在不知不覺中受到影響。親鸞和高第都和《浪人劍客》毫無關聯，但說穿了都是透過我傳達出去的，在這個層面上來說或許會有某方面的影響吧。

可以斷言的是，親鸞和高第這兩件工作我都相當重視，就像畫《浪人劍客》一樣，是非同小可的主要工作。該怎麼形容好呢……就像「噗咚」一聲跳下水似的，全心全意地投入。所以有可能會互相影響吧。

——前陣子東本願寺又再度公開展示井上老師繪製的親鸞屏風，我去看過了。兩座屏風左邊的圖，獨自坐著的親鸞似乎看透了一切，露出爽朗安詳的表情，漫不經心地凝視靠近身邊的鳥兒。我盯著那張圖一陣子，「說不定井上老師並沒有把人畫出來」的這個念頭忽然閃過腦海。這種想法很奇怪吧？我只是在想，不管是《浪人劍客》還是親鸞，老師究竟有沒有把人真有意思，我第一次聽到這種感想呢。這應該是我第一次聽到有人對我的作品有這種看法吧。不過……我可以理解你的看法。

不管我畫誰、畫任何事物，都會表現出「我（井上雄彥）」。說到屏風圖，就算一大群民眾和親鸞相互交流（右邊那座屏風的圖），在某種意義上也算是「另一個我」。空間、在空間悠遊的時間、一個人獨處的空間……這些東西我都相當重視。

我不太喜歡把自己的圖說得太明白，或是賦予任何意義。老實說，我認為不管是右邊還是左邊的屏風，都有群眾。只不過其中一幅畫表現了各種痛苦，另一幅畫雖然沒有畫上群眾，可是並不代表空無一人。

無論是誰，活著就會和許多人交流。我們並非孤單一人，四周經常有許多人陪伴著自己，即使處在人群裡，也會有突然進入獨處空間的一剎那。每個人都有束縛，或者說自己就位於束縛之中——只要有屬於自我的空間，就能暫時脫離那個地方。我解釋得不太清楚，但我確實在圖畫裡灌注了這些意念。你指的「沒有人」，或許就是這麼回事。

但是，我絕對不是沒有把人畫出來，因為我畫的是我自己，或者說是親鸞的「自我空間」，所以你才會有那樣的感受。自我空間的最深處或是背面，一定和許多人緊緊相繫著。

不過，沒有那種體會卻能和別人自然地交流，感覺又不一樣了……關鍵還是在於自我空間吧。

——武藏越來越懂得自省，時而沉思，時而自問自答，進入自己的內心世界，而且深不見底。《浪人劍客》曾經出現過「如果注視還是看不見的話，閉上眼你就是無限」這句話對吧。

武藏經常想回起兒時，或是獨自一個人在那個有枯骨的洞窟裡練劍。感到痛苦的時候，棲身之處就顯得非常重要，我認為我一直在強調這件事。

京都・東本願寺 屏風『親鸞』(2011)

語言是狹隘的

——老師畫的親鸞屏風，出自漫畫家井上雄彥之手卻不是漫畫，沒有對白框，當然，也沒有任何文字。另一方面，包括佛教等宗教都主張「太初有道（語言）」。用語言傳道、用語言吟唱、重複語言並擁有它。另一方面，假設萬物皆有靈，比方說太陽神，或是岩石、樹木、風都有神寄宿，那就不需要語言了。井上老師筆下的親鸞處於「沒有語言的世界」，那是一張屏風圖，當然沒有文字，但是委託老師繪圖的寺廟，卻屬於「有語言的世界」。不需要語言的屏風圖，存在於有語言的世界裡，我覺得很有意思。

我本身非常喜歡語言，也認為語言非常重要。我會再三思考漫畫中的台詞，甚至在最後關頭換成另一種說法。雖然我持續在玩推特，但我不會想到什麼就寫什麼。不管是什麼樣的話，都會轉化成文字流傳下去，所以我會仔細思索，多看幾次並斟酌用字。不過，我心中另一個我的想法卻是「假如可以只靠圖來表現，不需要任何語言，該有多好」。

說到語言，最近很流行選拔某個讓大家感動的字彙，我實在沒辦法適應。打個比方，即使那個字彙是從我的漫畫中摘錄出來的，也不一定會得到大家的共鳴吧？大家說我的漫畫台詞是「感動人心的一句話」，我當然會很開心，但語言只不過是《浪人劍客》的一個要素罷了。語言固然重要，但漫畫中的文字並非單獨存在，是以故事形式串聯起來的，只節錄某個部分，根本沒辦法把真正的意義傳達給所有人。

以下是自我反省。我回頭看了休載前的好幾話，發覺有些台詞太過當了。我本身喜歡跟著感覺走，可是當時的我實在是想太多了。

——這麼一想，小次郎真是個厲害的人物，從一開始就「不具有任何語言」。

語言是一種「狹隘的東西」。稍微出現令人感動的台詞，就會得到許多人的迴響。這是因為那些人想證明自己的理解是對的，絕對不代表那句台詞本身的意義。

文字只是全體的一部分，包含了更複雜而且無限的情報。

我想這個世界的一切都是相同的。明明有太多無限的事物，因為人類想把它變得更簡單易懂，於是畫地自限，或是讓它變小、變得方便觀察，甚至方便搬運。最好的例子或許就是「語言」吧。

不懼變化，隨波逐流

——在『最後的漫畫展』中，井上老師已經畫過一次武藏人生的「終點」，關於這個部分，目前有沒有任何改變呢？

漫畫展中所畫的年邁的武藏，他那樣的心境、情緒，是否在人生的最後關頭才第一次出現，現在我也不敢說，說不定時間點有變動。那是武藏本身的心情，所以一定在他人生的某個階段出現過，但是在人生的最後關頭是否有達到那個境界，我就不確定了……瀕死的武藏，他的心境說不定有達到別的境界，也或許他在更早之前就離開了人世……不過，我在『最

後的『漫畫展』中所描繪的東西，的確代表了武藏的心境，這是不會變的。我不清楚有沒有符合史實，但《浪人劍客》中的武藏確實有經歷過那一段。

——說不定有達到別的境界，這樣的看法真是耐人尋味呢。

也就是說，武藏或許在更早的階段，就已經有了那樣的心境，這算是我的預感吧……我猜啦。

——意思是連載不需要配合漫畫展的故事嗎？

現階段我沒有太在意這件事。我反而從『漫畫展』得到許多養分，若能運用在本篇應該也不錯。『漫畫展』對《浪人劍客》這部作品來說，是很重要的財產之一。

連載就是不斷地重複做同一件事，所以我必須不斷地改變自己。我不

知道這麼做能不能有所成長，若能有所進步那就再好不過了。先有所改變，改變後說不定又回到原點。到頭來或許還是會回到原來的出發點，但重要的是願意改變。

坦白說很難達到自己期望的目標。不過現在的我認為沒必要害怕改變，可以說是隨波逐流，一切隨緣囉。

前陣子有人對我這麼說。我忘了對方指的是《REAL》還是《浪人劍客》，他說「線條變細了」、「筆壓變弱了，讓人擔心你的身體健康」，根據他的說法是，身體狀況會反映在圖上。

我確實有身體不適的時期，但我也有過刻意不施加過重的筆壓，不把圖畫得太剛硬，追求柔軟、溫和筆觸的時期。聽到對方的話，我想我大概是把線條畫得過軟了。不管是《浪人劍客》還是《REAL》，一旦我想追求改變，似乎就會做得太過。

——之後的健康狀況還好嗎？

目前很好，只要沒有漫畫連載，我就很健康（笑）。

——今年過年有打算去哪裡玩嗎？

我還沒決定，不過，過了年的1月底，我又會前往美國去和得到『灌籃高手獎學金』的孩子們見面。第5屆沒有人符合資格，我會去美國東部看第4屆的學生，第2和第3屆的學生已經從高中畢業，目前就讀亞利桑那州的短期大學，我也會去看他們。第2屆的兩名學生都是高個子，一個199公分，另一個將近190公分，他們的身高在日本都有代表級選手的等級。這些學生在美國幾乎都是主力選手，只有一名第3屆的學生，打輸了球隊內的守備選手戰，目前打得有點吃力。接下來到底會自暴自棄，還是會努力挽回劣勢，沒有人知道。但是對他來說是一次很好的經驗，我希望他能繼續加油。

——井上老師對那些十幾歲的學生們，會積極地給予任何建議嗎？

我去美國的時候會跟他們聊，偶爾用MAIL連絡，僅止於此。即使面對面跟他們談，我想他們也沒辦法領悟。他們是不是假裝有聽進去，我一看就知道了。不過這也沒辦法啦，我年輕時搞不好也跟他們一樣。另外就是無論哪種運動都差不多，任何事都是透過肉體感受，沒有親身體驗就難以理解。用說的很困難，別人也聽不懂。而且，小時候最氣的就是聽到大人說「等你長大就懂了」這句話（笑）。

——我想問巴塞隆納高第之旅的事，記錄旅程的書出版了呢（《pepita當井上雄彥遇見高第》日經BP社）。

這份工作是我第一次的嘗試，幾乎都是在未知的情況下畫出來的。

關於我的工作內容，漫畫當然就不用說了，漫畫以外的工作，大多是根據我的印象去畫的。像『最後的漫畫展』規模那麼大的工作，雖然跟許多人息息相關，可是最後的決策還是掌握在我手中。

然而這次的高第，打從一開始我心中就沒有完成後的概念，甚至不知道最後會如何呈現，只是埋頭一直畫。也可以說，這是第一份不是由我帶頭的工作。我無法想像這本書到最後會變成什麼形式，到現在我也還沒看到完成後的書籍，真的是一份耐人尋味的工作呢。

——既然老師會想嘗試這樣的工作，就表示時機到了吧。

當然沒錯。這次我試著隨波逐流，樂於見到退一步之後的結果，挑戰跟別人一起共事並從中獲得樂趣。『漫畫展』當然也是這樣，不過最後的判斷總是落在我身上。這次我把許多部分都交給別人包辦。

——行程中很開心嗎？

有件事我在出發前就已經決定好了，那就是「絕對要玩個痛快」，面對這份工作的基本條件，就是要建立在「快樂」的態度上，不然就失去意義了。我在摸不清工作全貌下就前往巴塞隆納，身為一名畫家、一個動手的人，我樂在其中，玩得非常開心，還有了許多新發現。不過，高第相關的事物還在進行，這本書出版並不代表結束，目前還沒辦法下定論，不過今後也會繼續探討高第這個人。

——比方說畫完宮本武藏之後畫高第嗎？

畫成漫畫嗎？我想不可能（笑）。

Interlude

iPad、壁畫、漫畫展
——每一次都是第一次

首爾機場的iPad

「Smile」系列是井上雄彥上傳到推特的圖，目前已經成為對應iPhone／iPad的免費App。這些圖都是井上用iPad或iPhone畫出來的，工具就是他自己的手指和觸控式螢幕。

iPad是『週刊YOUNG JUMP』的編輯部在２０１０年底送給他的禮物。剛收到的時候，他幾乎沒在用，現在卻隨身攜帶。像是訪談當中，若向井上詢問關於過去的事，記憶模糊時他就會立刻拿出身邊的iPad來確認日期。

一開始看到井上愛用iPad的模樣，筆者感到非常意外。但是他本人卻主張這不叫愛用，而是用它來畫圖、收發MAIL、確認行程而已，並沒有操作得非常純熟。

第一次近距離觀看井上用iPad作畫，是在2011年的1月。

這一年年初，井上為了看坂本龍一的鋼琴個人演奏會，前往韓國首爾進行一趟短暫的旅行。回國之後，預計在東京和坂本進行第一次的雜誌對談。

演奏會隔天，井上在首爾的金浦機場等待飛往羽田的班機時，坐在登機門附近的椅子上盯著iPad。當時正好遇上年假結束，機場擠得水洩不通，有許多利用年假到韓國旅行的遊客，還有返鄉的民眾。候機室的椅子幾乎被坐滿，氣氛非常熱鬧，井上一如往常戴上耳機，手則是在iPad上四處滑動。沒有人注意到井上，他的漫畫在韓國和中國都非常受歡迎，但是在新年喜氣洋洋的金浦機場，每個人都在忙著自己的事情。井上旁邊的椅子空了下來，於是我坐下並偷瞄了一眼，發現他正在畫圖。

井上在當時用的是「Zen Brush」這個App。井上告訴我，靠手指在螢幕上滑動就能繪圖。

雖然只有黑白兩色，但他說這個App非常輕巧，很簡單就能上手，只有黑白兩色倒也乾脆。看到iPad螢幕上黑與白的組合，我覺得很酷。

井上作畫用的雖然是手指，畫面呈現的風格卻是水墨畫，簡直就像毛筆的筆致。筆觸可以任意調整，線條可細可粗，濃淡也能自由變化。

井上利用起飛前的時間，畫了《小拳王》的角色。一開始是矢吹丈，然後是丹下段平，畫到一半就到了登機的時刻（順道一提，那是某個出版社委託他的工作）。

時間很短，但是我看得興致勃勃。手指彷彿就是畫筆，墨水附著在指尖上，然後拉出線條。我納悶到底是用習慣就會畫？還是只有井上才辦得到？「這個軟體非常單純，不管是誰都可以馬上學會，連我都會用，真的很簡單啦。」井上笑著說道。

井上用指尖快速地繪圖，令我印象深刻，有一種「不要迷惘，先畫再說」的感覺。我試著回憶他用筆在紙上畫圖時有沒有這麼快，可惜想不起來。或許他用的是手指，所以視覺上看起來更快。也或許井上就是在享受「快速」的感覺。

換句話說就是「別想太多，先畫再說」。

在iPad上面畫圖，可以輕易地刪除、復原，還可以自由自在地複製貼上，用筆墨可沒這麼輕鬆。如果用iPad，就可以享受過程的快速，也不需要害怕失敗。

新玩具

進入機艙前，我問井上用iPad畫圖好不好玩？「它對我來說就只是一個新玩具。」他說。

「我用iPad幾乎都是拿來畫圖。就繪圖的行為來說，紙和筆的關係、

iPad和手指的關係，兩者基本上是相同的。現在我覺得用iPad畫圖很好玩。『畫圖很開心、好喜歡畫圖』這樣的心情變得不一樣了，有一種更新的感覺。」

井上口中的「新玩具」或許啟發了他內心前所未有的感受。用手指在螢幕上繪圖的行為，跟拿筆在紙上繪圖的行為，感覺截然不同，井上一向非常注重這種「肉體的感受」。

從某個時間點開始，井上就在畫「人體漫畫」。並非用頭腦思考，而是使用筆墨與身體去畫。比方說頂尖的職業棒球、足球或籃球選手，把球打擊出去、立刻把突如其來的球踢出去射門、隨時應付敵人無法預測的動作，絕對不是用頭腦想，而是來自身體的立即反應。當然身體（肉體）和頭（腦子）是相連的，分開思考確實有待商榷。總而言之，我認為井上正在挑戰「將畫（畫筆）和肉體合而為一」。

在《浪人劍客》的連載過程中，從某個時間點開始，井上就經常用毛筆繪圖，後來甚至完全改用毛筆。「應該是從武藏和宍戶梅軒交手那一段開始，使用毛筆的機率變高了，從小次郎篇開始就只用毛筆了。」井上這麼告訴我。

然後，不知道是從何時開始，井上畫草圖時改成先從裸體開始畫。比方說他要畫持刀的武藏，會先畫出裸體的武藏握著刀柄，再畫上衣服。仔細想想，每個人來到世上都是一絲不掛，再把衣服穿到身上的。畫裸體＝肉體是繪畫的基本，跟畫家們畫裸體素描的道理一樣。

不知不覺，漫畫家井上開始用畫家的方式在畫漫畫。關於繪圖的順序，「我想仔細觀察、正確掌握身體的動作，順理成章就用這種方式去畫了。」井上本人這麼說。

「假如我本身有學劍術，對每個動作都很了解，知識豐富又會正確地使用毛筆，或許能把武藏打鬥的場面畫得更有水準。目前我也很想嘗試看看那種肉體的鍛鍊。」

人會改變，井上當時的想法和做法，我不確定現在是否還行得通。但是對井上來說，「肉體、身體」這個主題肯定無法和漫畫切割。

看到井上用手指在iPad上作畫，我體會到那果然是一種身體的行為。用手指在螢幕上滑動、繪圖，對人類來說是一種新的運動。畢竟觸控式螢幕在90年代並不是一種普遍的東西。

這樣的行為雖然嶄新，卻也伴隨著懷舊的感覺。

澳洲原住民Aborigines的傳統藝術中，有一項叫作點畫。直到現在，原住民們依舊用手掌或指尖，畫出獨特的圖畫。自古以來澳洲原住民就這麼做，其實我們也做過類似的行為。很多人一定有小時候用手指或手在地上、雪上畫圖的經驗，還有在起霧的玻璃用手指寫字或畫圖，不覺得這些行為和在觸控式螢幕上作畫很像嗎？

我提到這些事，井上如此回應我。

「去海邊玩的時候，我們會在海灘上用沙子和水堆城堡或是雕人像。我覺得用iPad畫圖的樂趣，跟那種玩法有點像。如果變成工作，那感覺又不一樣了。我現在只是在玩，所以玩得非常開心。話說回來，偶爾當一個初學者，感覺很不錯呢。學習使用沒用過的東西，發現它可以做各種事情，這個過程真的很快樂。大人帶小孩子去海邊玩，一起用沙子堆東西，到頭來反而是大人玩得比小孩子更投入，想必大家都有類似的經驗吧？使用iPad跟這種感覺很類似。」

更耐人尋味的是，井上用iPad畫出來的圖，看起來完全不像數位作品。近年來數位科技越來越進步，人們頻繁使用CG來處理各種畫面，井上用iPad畫的圖，卻充滿用手在海邊畫圖般的手繪感。看過井上上傳的「Smile」系列，就能一目瞭然。

起飛前的時間雖然短暫，但是看井上彷彿像彈奏樂器似地用手指在iPad上繪圖，真的是一段很快樂的時光。我也興起了想畫畫看的念頭。

繪製巨幅水墨畫

那次是我第一次看井上用iPad畫圖，之後就幾乎沒看過了。但是另一方面，我親眼目睹好幾次井上在牆壁、巨大的和紙、用和紙做成的大箱子上，直接繪製水墨畫的模樣。每次都讓我目瞪口呆。

第一次看到是在２００７年，『最後的漫畫展』於上野舉辦的前一年。

地點在美國紐約。

那年的11月，井上在紐約紀伊國屋書店內的牆上作畫。過去他曾為男性美髮用品的電視廣告畫過大型作品，２００４年12月，在三浦半島某所廢校舉辦的『SLUM DUNK FINAL』特展中，他也用粉筆在黑板上畫過巨幅漫畫。但是在矗立的白牆上挑戰巨幅水墨畫，紐約是第一次。

筆者搭乘電扶梯來到紐約紀伊國屋書店的二樓，隨即在正面牆壁看到了武藏的巨大特寫。武藏旁邊有站姿的小次郎，手上握著刀（除此之外，在別的地方還有在天空翱翔的鳥兒等等小圖）。忙碌的井上在紐約停留三天，有兩天的時間幾乎都耗費在完成這幅巨大的壁畫上。雖然他是職業漫畫家，但這是他第一次挑戰巨幅壁畫。我由衷地欽佩井上他高超的技術、罕見的美感，以及快速的適應能力。清晨及書店打烊後的深夜，我默默看著井上繪製壁畫，這段時光真的很愉快。那是作品誕生的現場，也是連續目睹井上初次體會新事物的瞬間。

當時的井上還在連載《浪人劍客》，所以帶著工作來到紐約。他在飛向甘迺迪機場的飛機上也在工作，停留紐約期間的飯店裡，也擺放著肯特紙、墨水、墨汁和毛筆。我認為井上應該很累，但是他看起來非常開心。我們在附近的咖啡店吃午餐時，井上談到以下這些。

「壁畫真好玩。畫出興致來的時候簡直停不下來，一股腦兒地畫，其實滿愉快的。刷子呈現的效果也比預期的好，我平常根本不用刷子，一開始不太習慣，有點傷腦筋，抓到訣竅後就沒問題了。一點也沒想到刷子居然這麼方便。」

在紐約用刷子繪圖的經驗，後來在隔年的『最後的漫畫展』派上了用場。

回顧起來，不論是『最後的漫畫展』、『SLUM DUNK FINAL』，或是位於新木場的東京都現代美術館的『ENTRANCE SPACE PROJECT』，所

紀伊國屋書店紐約分店開幕紀念壁畫（2007）

『最後的漫畫展 再版 大阪版』入口處展示（2010）

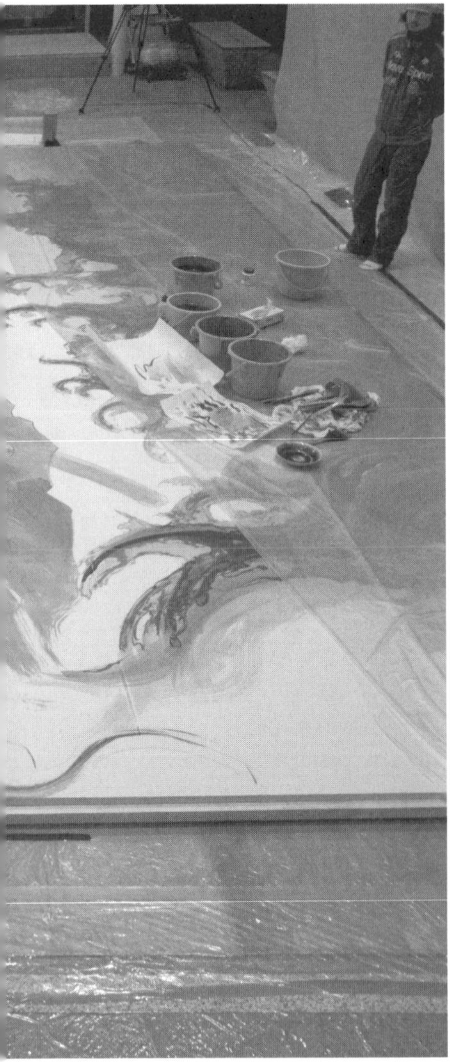

東京都現代美術館『井上雄彥 ENTRANCE SPACE PROJECT』(2009)

有的一切都是井上的「初體驗」。因為有井上雄彥這個漫畫家勇於挑戰繪圖，連帶所有的工作人員也都興奮地投入工作。

井上也跟工作人員一樣，由衷地享受著工作，因為這些事都是他第一次的體驗。我們圍著開心享受初體驗的井上，親眼目睹作品誕生的那一剎那，真的是一連串的興奮與驚奇。

那裡總是有「第一次見識到的世界」在等待我們。

紀念《灌籃高手》銷售突破一億冊的全版報紙廣告上，櫻木、流川、大猩猩等人突然現身，一旁還寫著「謝謝」的字樣。而三浦半島的廢校黑板上，有著山王一戰結束10天後的故事，雀躍的心情催促著我上下樓梯，耀眼的冬陽灑入室內，彷彿圖書館般排列著許多書籍的教室裡，我和一群陌生人肩並肩一起看著漫畫。

只能稱它為空間漫畫的『最後的漫畫展』，尺寸之大、演出效果都令我十分驚奇。對於描繪連載中主角的人生最後關頭這件事，更是感到不可思議。無論如何，在那個空間裡看到的故事還是打動了我，讓我流下許多眼淚。上野、熊本、大阪、仙台，每次的展覽都會打造出不同的空間，一切都化為「全新的事物」映入眼簾。各個地方都有不同的機關，隨時都有第一次的驚奇在等著我們。

回想起來，大受歡迎、我也看得很入迷的《灌籃高手》結束後，井上居然選擇「宮本武藏」作為新連載的題材，當時我就已經夠驚訝了。井上站在表現者的立場，在那個時間點畫武藏，肯定有著邁向未知世界的「第一次的喜悅」。

這些「第一次」，是我採訪井上雄彥後學到的重要課題。

「不改變就等於是重複做著相同的事。」井上一定會這麼解釋。這表示他本身也在追求「第一次的有趣」、「第一次的感動」，以及「第一次的驚奇」。

身體不適再加上各種原因，讓井上不得不長期休載，但最終的原因還是在於他想找回「第一次」的感覺，才會選擇暫時離開《浪人劍客》。

已經出版的《浪人劍客》最新的第33集中，收錄了第289話「體內的音樂」這段故事。武藏塞住耳朵，在森林裡揮劍。武藏這麼做是想逃離「外界的聲音」呢？還是想進入更「深層」的境界呢？又或者他對聽不見、不會說話的佐佐木小次郎，產生了敵對的心態？那段故事的開頭是年老的又八坐在太鼓橋上，又八負責敘述，扮演著「語言」的角色，更突顯了想進入「沒有語言的無音世界」的武藏。塞住耳朵，反而會聽見在體內迸開的聲音，最後武藏捨棄無音這件事，選擇讓劍失去重量。一片枯葉從樹上飄落，武藏揮劍，樹葉從中被剖成兩半。「成功了。戰勝枯葉的重量了。」武藏在心裡如此說道，然後又想著：

「我要不斷反覆地練習，直到累垮為止。不對，我追求的不是藉由仿效而來的進步。無論練習幾百次、幾千次，都要像第一次揮劍一樣。要像手無寸鐵的嬰兒一樣。」

接著就是武藏手無寸鐵的左手，宛如一片空白。

對井上來說，畫《浪人劍客》總是充滿著第一次的樂趣。為了找回這樣的樂趣，於是他選擇休息再重新復載。

訪問井上這麼多次，有時跟隨他到各地去旅行，在言談中，有句話一直沉澱在筆者的心裡。

那就是「我想擺脫既定的形式」，或者說是「沒有輪廓」這句話。

比方說，我們在首爾摩天飯店的咖啡廳邊喝茶邊聊天的時候，井上說了這些話。

「或許我一直想拓寬世界吧。說是拓寬，也可以說是想擺脫既定的形式。這樣的框架太拘束了，我覺得自己受到了形式的限制。因為這幾年舉辦的『最後的漫畫展』，那種不受物理、空間限制的體驗，讓我在不知不覺的情況下，對於紙上的漫畫，也就是平面的連載漫畫，有一種受限的感覺。『漫畫展』對我是一個很大的刺激，必須跨越那個刺激才能前進。現在的我的確在尋求改變。

我必須先改變自己，才能讓《浪人劍客》復載。我並不是不願意繼續畫，而是今後的展開在我心中佔了相當大的位置。我會思考該做到什麼樣的程度才行，因此變得更加沉重。或許這種想法不對，一切都只能怪我太執著了。漫畫家生涯有這麼長（井上邊說邊攤開雙手），現在只是在這裡（指出中間某處），但是我很貪心，想要達成所有目標。我現在在《浪人劍客》做的事，應該是搭船順著河往下游走，然而不知何時卻變成搭船登山了……」

就在當時，井上一直重複說著想要擺脫既定的形式。

與坂本龍一的對談

從首爾回國後，井上在東京與坂本龍一進行對談，也是從這個話題開始。

「我在首爾看坂本老師的演奏，剛開始我發現我一直在尋找語言。我討厭尋找曲子和音色意義的自己，所以從中途拋開了自我再繼續聽……該怎麼形容好呢？我感覺坂本老師演奏的音樂是沒有輪廓的，音色沒有輪廓線。聽著聽著，我開始感受到柔和與溫暖，我完全不會彈鋼琴，卻有一種彷彿自己也在彈琴的錯覺。之後越聽越快樂，時而顫慄，時而緊張，時而興奮，各種情緒接二連三地湧現。」

聽到井上的這段話，坂本如此回答。

「沒有輪廓這種感想真是有趣呢。因為你是影像創作者，才會有這種印象吧。聽到這麼新鮮的感想，我也覺得很開心。井上老師畫的圖，輪廓線都很清楚吧？」

井上這麼回答。

「基本上漫畫都要畫輪廓線，所以我才會對漫畫感到『不自由』、『拘束』吧。這幾年我非常渴望得到自由，想把身段放得更柔軟。」

之後他們天南地北地聊了很多，其中井上對坂本提到的這一段也很耐人尋味。

創作是漫畫家的一切，我們從不演練。坂本老師會反覆彈奏自己創作的曲子，像是『戰場上的快樂聖誕』，我想你一定彈奏過幾百次。我不知道這樣形容對不對，但是演奏會那天晚上的坂本老師，有一剎那讓我覺得你是第一次彈奏那首曲子。」

聽到井上的感想，坂本非常開心地對他這麼說。

「井上老師剛才說『彷彿是第一次彈奏』，這件事非常重要。我尊敬的巴西籍作曲兼音樂家安東尼奧・卡洛斯・裘賓（Ant・nio Carlos Jobim），遺憾的是我無緣在他生前跟他見面，但是我曾經在他的舊居錄音過（MORELENBAUM 2／SAKAMOTO的專輯『CASA』），還使用了裘賓先生用過的鋼琴。我記得那是在他過世6年後吧？換句話說，他的房間睽違6年再度響起了音樂，他的家人也很開心。裘賓先生的長子是音樂家，同時也是建築家，他有來看我錄音。某一刻，我正好聽到他的自言自語。他說『無論什麼曲子，父親總會懷著第一次彈奏的心情去彈』。」

２０１２年３月15日發行的『MORNING』，終於看到《浪人劍客》復載了。

武藏的旅程依舊持續著，武藏和小次郎，現在身在何處？又要前往何方呢？

武藏在森林裡塞住耳朵後練劍
（《浪人劍客》第33集289話「體內的音樂」）

浪人劍客復載，下一步——

2012.3

3月15日發行的『MORNING』的封面，是受到黑色我執包圍的武藏。莫非故事裡描繪的並非希望而是黑暗？筆者邊幻想邊滿心期待地翻開雜誌。

由於改成每月連載一次，頁數增加了，讀起來感覺很充實。若能每週看到當然很棒，不過第一眼的印象是改成這種形式也不錯。每個月都會引頸期盼上市的日子，每一回都會有更深刻的故事情節，還可以反覆細細品嚐每個月看到的內容。彷彿小時候不斷重看同一本漫畫似的，在等待的一個月之中再三複習，感覺也不錯。

話說回來，我原本以為武藏內心的執著已經消失，沒想到這次依舊存在著強烈的我執。我有點驚訝，同時也期盼陪伴武藏再度踏上漫長的旅程。

在這個時間點，筆者不知道能問得多深入，也不知道井上自己掌握了多少，我邊思考這些問題，邊與井上進行訪談。

訪談日期是3月16日星期五，也就是刊登了復載的《浪人劍客》的『MORNING』那一期雜誌發行隔天的傍晚。

復載第一回的原稿

——《浪人劍客》終於復載了。結果不是繼續畫小倉的小次郎篇，而是從武藏的故事開始，也就是單行本第33集第294話「放棄」的後續。這是反覆摸索後的結果嗎？

因為那一話結束在很尷尬的地方。休載前『MORNING』刊登的小次郎篇後續，分鏡草圖大概有整整一話，但是我現在沒心情畫那一段，我覺得復載不應該從這裡開始，所以先把這一段延後了。直接用不太適合，我先保留起來，將來或許有些部分派得上用場。

其實我很想默默地復載，理想的狀況是若無其事地重新開始，因為很多原因最後無法如願，算是煥然一新的感覺。武藏是主角，復載從他開始也不錯吧。

——有幾話已經在『MORNING』刊登過，但是還沒有收錄到單行本。這麼一來，第34集出版的時候，故事會不會很難銜接上呢？

確實有點突兀。單行本出版的時候，我會想辦法編輯一下。當初，我的確有打算從小次郎篇開始復載，不過，時間間隔太久了。就像是車子的起步檔和行駛中的D檔不一樣，可是車子已經熄火了，如果要重新啟動就必須打低速檔。這就是我開始認真考慮復載後的結論。我想讀者肯定也有「壓力」，既然要復載，我也必須用足夠的「壓力」來回應讀者。

——比老師預想的還要花時間嗎？

應該說我花了很多時間去準備。改成每月連載一次的優點，以及我想達到的目標，就是可以花更多的時間作畫。包括分鏡還有畫面，我都想花時間去慢慢畫。費時但不著急，

按部就班地前進。結果除了交稿前最後一天以外，助手都沒有留下來過夜，也不需要喝紅牛提神。

過去，我一直秉持著前進、前進、再前進的態度，所以才會遭遇到瓶頸。現在反而認為沒必要那麼著急。

——從分鏡到完稿的過程還算快樂嗎？

滿快樂的。我還在觀察情況，剛開始嘛，所以還沒有太投入，應該說是沒用什麼力氣吧。

最開心的是畫彩稿的部分，這次畫了『MORNING』的封面和跨頁刊頭，是武藏回眸的特寫。這次會用壓克力顏料去畫，就是因為有充裕的時間。先前因為時間關係，我都用彩色墨水畫。因為彩色墨水乾得很快又不會疊色，講求速度時非常有效率。壓克力顏料就不一樣了，不但可以疊色，還可以無止盡地畫下去。畫這張彩稿的時候真的很開心。雖然不是第一次畫，但是我好一陣子沒畫了。以目前的畫法搭配那些畫材，也可以算

是第一次的體驗。

不能把「連載結束」當作目標

——現在的心境就像在熱身賽擔任投手的達比修嗎（笑）？

工作人員早就進入賽事了呢（笑）。

目前我還無法預測將來會有什麼樣的轉變。前年（2010年）我在自己的網站寫下「《浪人劍客》會在今年完結」這句話，結果違背了本意，反倒成為一股壓力，壓得我喘不過氣來。一直以來，我都在做「創作」、「每個禮拜畫一回漫畫」這些事。「結束」是另一個不同的層次，不能當作目標。當時的我只是把這件事當成年初的目標說出口，並且記錄下來，沒想到竟變成非兌現不可的支票。

——坦白說，我們這些讀者也懷著莫名的期待，心裡想「終於要結束了」

呢。

我那麼做算是幫自己打氣、鞭策自己，沒想到效果那麼驚人（笑），最後變成讓我分心的主要原因，害我有莫名的壓力。

漫畫還是應該把「享受好看的圖、精采的故事」當作努力的方向。坦白說這樣就夠了，我卻從外側設限，困住我自己。我沒有訂下銷售目標，但是我很可能做了類似的行為。雖然截稿日也算是一種限制，但是沒有截稿日就不會動筆。

——高興的時候，愛畫多少就畫多少，一定很快樂。就像小時候一樣，投球、踢球玩到天色暗了還不回家，用相同的心態創作漫畫，我想一定會很開心吧。

做我們這一行的，我覺得這樣很好。假如讀者無法接受，那就默默消失吧（笑）。

——老師在休載期間為許多企劃案畫了許多圖，關於《浪人劍客》復載，有沒有哪方面感到特別辛苦呢？

肉體上很辛苦，精神上因為暫停了一段時間，情況反而好轉。不過身體真的很辛苦，用細筆畫圖……相當累，應該說是很痛吧。我想大概是一段時間沒畫的關係，一整天工作下來後的疲憊程度真的不是蓋的。畫週刊連載的時候明明更辛苦，或許是我的身體變遲鈍了吧。

耕耘荒地的武藏

——《浪人劍客》剛復載還算是序曲，老師有構想到多久之後的故事了嗎？

坦白說我還沒想那麼多，但是我有打算暫時回到、或者說是承襲原作

的「某個部分」，應該會先從這裡著手吧。

吉川英治老師的《宮本武藏》中，有一個武藏耕耘荒地的橋段，就是遇見宮本伊織的那一段，他開墾了治水工程不完善的荒地。「武藏為什麼要這麼做？」當時我是這麼想的，所以早早就打算把這一段從《浪人劍客》的故事中刪除，可是最近我卻重新考慮，心想或許現在的我就畫得出來了。

其實我並不清楚吉川老師的意圖，可是，我想畫的是那一段的「土地」。

我在這次復載的《浪人劍客》最初的故事中，也畫了武藏回到地面的橋段。

——跟《浪人劍客》一開始，也就是第1集的「關原之戰」一樣對吧。這個場景確實很重要，有回到最初的感覺。

那個場景的確令人聯想到第1集。

和土攪和在一起，把玩泥土。

在原作中，大雨下在那片荒地上，把土地搞得一片泥濘。武藏辛苦耕耘，結果瞬間泡湯，還被別人嘲笑說挖了也是白挖。如何和嚴苛的大自然妥協，算是世人的課題，也是現階段的我最應當學習的部分。所以我才想在《浪人劍客》中畫出這一段，至於該怎麼畫才能畫得精采，坦白說我毫無勝算。

——近來興起了「農業」熱潮，的確是個熱門話題，不過老師要畫的應該不一樣吧。

現階段我還不知道會不會畫到農業。簡單說就是吉川英治老師在原作寫到的那一段中，有著要征服自然，還是與自然共存的觀點。吉川老師寫到，武藏企圖征服自然便開始耕作，中途卻發現自己錯了。

這部分也和高第相關的工作有共通之處，以時間來說真的很巧合。至於會變成什麼模樣，還是要實際畫畫看才知道。

——武藏和小次郎不一樣，既不喝酒也不愛美食，居然會從事「耕作」，真是耐人尋味呢。不過聽老師這麼說，重點不是「耕作」，應該是「土地」才對吧。

沒錯。「武藏和土地」，還會出現一個名叫伊織的孩子。和土攪和在一起是我現階段的概念，我想畫出那個樣子。

——假設《浪人劍客》是漫畫家井上雄彥的工作主軸，探訪高第、繪製親鸞的屏風圖當然也是很重要的工作，但同時是不是有一種「休假」的感覺呢？

沒有這回事，一樣都很辛苦！（笑）每個工作都卡得很緊，完全沒有休息，也沒有休假的感覺。我把每一份工作都當作精神食糧，畢竟每一份工作都是歷經千辛萬苦才完成的。

──《浪人劍客》可以說是各種經驗的集大成嗎？

《浪人劍客》算是最接近我內心的一部作品，我的各種感受都反映在作品裡，在作品裡昇華，環環相扣。我想總有一天，高第和親鸞也會和它串聯在一起。

我想吉川英治老師應該是在寫了《宮本武藏》之後，才寫了《親鸞》（《宮本武藏》於1936年5月～1939年9月連載，《親鸞》則於1938年7月發行），前年我探訪親鸞蹤跡時，也去看過親鸞開墾的土地。茨城某片早已空無一物、只剩稻田的遼闊平原角落，留有一塊記載著「親鸞開墾了這一帶」的石碑。吉川老師肯定有去採訪過那裡，他的旅程或許也影響了小說版《宮本武藏》吧。

將《浪人劍客》與漫畫展銜接

——《浪人劍客》的故事固然精采，不過從作品中尋找井上老師在不同時期的興趣，或是發現作品和自己感興趣的事物有什麼共通之處，甚至是單純欣賞圖面，這些都是看《浪人劍客》的樂趣。越感受到小次郎的魅力，就越不希望他和武藏對決，可是另一方面卻又很希望快點看到井上老師描繪他們對決的橋段。

我的確很想畫男人們在一對一的決鬥中，站在各自的位置互相凝視的畫面。在過去的故事裡，像是武藏和清十郎，我就沒有特別想畫他們對打的畫面。但是對於「小次郎與武藏」卻一直有這樣的慾望。不過……我也不確定，現階段我盡可能任何事都不要想太多。

——先前我也問過一次，老師在『最後的漫畫展』中所畫的「武藏人生的終點」，有沒有打算和《浪人劍客》的連載銜接起來呢？

這……我是很想這麼做啦（笑）。如果兩者能銜接得合乎邏輯，當然

是最好。不過，我當時畫的是我在2008年那個時間點對人的觀點、理解，現在已經過了好幾年，將來一定還會改變。在這層意義上，其實不應該受到『漫畫展』的束縛，所以我隨時準備破壞，也同時在尋找銜接的最好方法。

『漫畫展』的故事，原本就是從《浪人劍客》的宮本武藏誕生出來的，只要宮本武藏這個人不變，就代表那個故事也是同一個人的一生，不會產生矛盾。

話說回來，又八沒有出現在『漫畫展』裡，因為我內心的設定是他在那個故事的外面。為什麼又八沒有出現在那個故事裡？還有，我讓名叫風木的少年也出現在本篇的故事裡，這些我都必須交代清楚。處理這部分我覺得很好玩，連我自己都不知道會有什麼發展呢。這麼說好了，我不是不知道，而是這部分是我第一次動手處理。比方說你以前玩過吉他，但是第一次認真學的時候，還是會覺得很快樂。我嘗試更換畫材，或者是改變許多事物，就是希望隨時保持這樣的樂趣。

又八與風木（《浪人劍客》第31集276話「邂逅 」）

——漫畫家的工作必須在不變的環境中持續地做同一件事，真的很辛苦呢。

因為角色都是同一個人嘛，也不能下個星期就突然改變畫風，所以要維持一致。這麼麻煩的事，一定要真正熱愛這份工作的人才做得來。

——不過，有時候還是會改變一點點，或者是大大地轉變畫風。像這次復載後的武藏，我也認為有一點變了呢。

啊，是嗎？是不是臉變了呢……或許吧。

——最驚訝的是，武藏的內心依舊有著相當大的執著。

因為武藏開始學會領悟了嘛。

——既然還有那麼強烈的我執，那麼他以後要走的路還很長呢。

前所未見的最強執著是嗎（笑）？休載前的武藏，也在最後自問自答過「我是不是依舊很強？」。我執的確是一種很難對付的東西。

——假設《浪人劍客》存在於井上老師的中心，那休載期間就是失去中心囉？

並非如此。它一直存在著，只是筋疲力盡，像是軸心疲乏了一樣。當時的狀況是這樣。

——我認識身為漫畫家的井上雄彥也過了好一段日子，這麼說或許很失禮，但是我覺得沒有畫連載的井上老師，有一種心神不寧的感覺（笑）。

我本來就是啊（笑）。不過對於《浪人劍客》，我的確從一開始就主動

受到我執糾纏的武藏（《浪人劍客》第33集294話「放棄」）

背負了許多重擔。經過這次的休載，我感覺卸下重擔的時候到了。一口斷定我的任務已經結束，這麼說或許不太好，大概是因為我離開了《浪人劍客》一段時間，現在才會有這種想法。不過這樣也好，適合那種方式的時期已經結束了。

——今後真的沒有發展長期故事的計劃嗎？

我打算認真畫好每一回的故事。至於類似最終章的細節，倒是完全沒有想過。

有陣子我的確受限於「結局」這個框框，我要小心別重蹈覆轍。我對自己有過多的期待，一看見終點就會要求自己快馬加鞭。經過這次的經驗，我體會到每次的情況都不一樣，不能一概而論。

《灌籃高手》的結束方式

——在過去的訪談中，我們聊到《灌籃高手》的結束方式，老師說當時就像不斷分泌出腎上腺素似地一口氣畫到完，而且畫得非常開心。或許《浪人劍客》還不到那個時候吧。

畫《灌籃高手》的結局時，我期待自己融入那個狀態，周圍的人事物也助我張目，但是《浪人劍客》卻沒有形成這樣的局勢，我一點興奮的感覺也沒有。或許《浪人劍客》還不到「那個時候」，只是我擅自決定「現在是劃下句點的時候」罷了。

另一方面，我也在想，說不定我錯過了結束的最佳時機。「或許應該更早結束才對」、「我已經駕御《浪人劍客》很久了，該達成的目標也都達成了，差不多該轉換跑道了」——我開始胡思亂想，甚至自問自答：「乾脆暫時把這條路封起來算了。」總不能沒畫到巖流島就結束故事，更不能無視劇情，隨便用「時光荏苒，這裡是巖流島——」之類的方式帶過去就結束。我越是煩惱，就越是懷疑自己已經錯過了結束的好時機……這是個惡性循環。

——畫《灌籃高手》的時候，老師在某個時期就已經想好結局才繼續畫對吧。

我早就想好了。《灌籃高手》的結束時間點很明確，因為我早就決定打完山王一戰就是《灌籃高手》完結的時候，因此最重要的課題就是如何讓故事更充實、讓比賽更精采。雖然最終話提到湘北在下一場比賽就輸了，不過這件事其實並不重要，重要的是山王一戰本身。如何讓自己的作品在這場比賽中達到巔峰才是首要關鍵。畫《灌籃高手》的結局時，我該完成的課題很明顯，所以我絲毫不感到迷惘。相較之下……《浪人劍客》卻不是這麼回事。

我不明白讀者的想法，每個人接受的方式也不盡相同，對我來說，《灌籃高手》的結局就是「沒有其他結局比這個結局更棒」。在我心中，這是一個成功的體驗，或許也變成了一種標準，因此《浪人劍客》的結束方式，在我內心佔據的份量也越來越大。

湘北對山王工業之戰的高潮
（《灌籃高手》完全版第24集「and 1」）

找回單純的樂趣

《浪人劍客》畫到這裡，總算變成了「大叔」，脫離了《灌籃高手》那種年輕人作品的階段。我指的不是讀者年齡的取向，而是作品本身的「年輕」和「老成的程度」。

麥可．喬登在籃球生涯最輝煌的時候退休，後來又復出，獲勝三次後又退休了。喬登退休的時候，我曾經在某處說過「不等到衰老輸球再退休，這樣好嗎」的話。

麥可．喬登是個充滿好勝心的人。一開始從沒贏過球的那六年，老是被人批評說他在表演個人秀。我不知道他本人有沒有打算爭一口氣，但我感覺他的確有這樣的企圖心，於是一步一步地克服困難，接著就是保持絕不輸球的態勢，再光鮮亮麗地退休。

當時我總覺得喬登的做法違反自然，畢竟他是籃壇的一員。當然這只是我這個局外人不負責任的自私想法，為了贏球嘗過那麼多苦、做出那麼多犧牲，怎麼可以無視這一切？另一方面，我也有著「任何人在衰老後，不都是會成為別人的墊腳石嗎」的想法。

喬登現在是球隊的老闆，不過在我看來，他經營球隊的狀況似乎不怎麼順利。

現役的運動選手，以年齡來比喻就是青春年少，但是接下來的人生更漫長。或許這個例子舉得不好，但我認為《浪人劍客》和《灌籃高手》的差別就在這裡。

現在的我，必須接受成熟、或者說是逐漸衰老的感覺，我的腦子裡非常明白這個道理，但是真正的意義在於我必須接受「沒必要當最受歡迎的」、「即使不是大家都在熱烈討論的作品也無妨」、「有點遜也沒關係」這些想法。假如這部作品走到這個地步，那就沒必要急著結束了。我認為讓讀者有「咦？原來這部作品還在連載喔？」、「隨便啦。」的感受也不錯。

讀者不接受，而我卻埋頭一直畫，坦白說我本來就沒辦法忍受這種情況（笑）。當然我還沒有走到那個地步，但我心中也覺得接納這種情況也沒什麼關係……嗯——我好像解釋得不夠清楚呢。

——老師的意思是要畫出逐漸成熟的過程嗎？

其實我早就在想，作品的存在意義變得平凡也無所謂，體驗一下缺乏水分那種乾枯的感覺也不錯。如果有人對我說：「你還在畫啊！」過去的我一定無法忍受，但是現在我學會以平常心看待了。

用音樂來比喻的話，我已經不需要武道館或是東京巨蛋，在路上開唱也無所謂。沒有既定的框架來限制我，我反而能找回畫漫畫的樂趣。想畫就畫，就是這種簡單的感覺。

——與其說是成熟、衰老，不如說是找回童心、回到孩提時代呢。

沒錯，你說得對！大家都說越活越回去呢。我懂了，原來我已經是個老人家了（笑）。應該說是回頭當起小孩子了……

關於這些事，我還沒有理出頭緒。或許再過一段時間，我又會推翻自己的說法呢。

2012. 3 浪人劍客復載，下一步──

Epilogue

2012.4

親鸞，前往大船渡

2012年3月20日，星期二。

井上雄彥搭乘大清早的東北新幹線，前往岩手縣。

幾個小時前，他還在畫《REAL》。黎明時分，好不容易完成了工作，他心想若是此刻躺平，恐怕會再也爬不起來，於是選擇好好泡個澡。他在浴缸裡打瞌睡，等他洗好澡，天色也亮了，催促著他該前往東京車站了。

從東京車站出發後兩個半小時，井上在水澤江刺車站下了車。

在車站，『最後的漫畫展』製作人大桑仁，還有工作人員石橋健太郎正在等著井上。氣溫是攝氏2、3度，長時間站在室外，身體都凍得發冷了。

水澤江刺的前一站是一之關車站，也是地方支線大船渡線的起點。這條鐵路會經過宮城縣的氣仙沼、岩手縣的陸前高田等地，沿著三陸的優美山色與海景開往大船渡。地震與海嘯摧毀了許多車站，半數以上的鐵路修復工程遙遙無期（據說可能將部分鐵路廢線）。規模雖小卻充滿特色的陸前高田車站、大船渡車站，現在已不復見。

把行李放進租來的車子後，我們一行人開了兩小時的車程，越過山頭前往大船渡。

那天是春分，卻從早上就飄著小雪，進入山路後路面變得濕滑，只能緩慢行駛。山路兩側堆著高高的雪，山的表面一片雪白。

穿過幾座隧道後來到平地，雪也不再下了。終於見到道路標誌上出現了「陸前高田、大船渡」的字樣。

井上正前往位於大船渡的長安寺。1年前的3月，井上接受京都東本願寺的委託，為了親鸞聖人第七百五十回御遠忌所繪製的屏風『親鸞』，從3月22日起將在長安寺的大殿展示一星期。

井上在2011年3月10日早上完成了屏風圖，當時東日本大地震尚未發生，所以屏風圖沒有受到任何影響。

地震後1年，他們決定將在相同宗派的東北寺廟展示井上的親鸞，便選上了位於大船渡的真宗大谷派長安寺。

「去年秋天我去過長安寺，附近正好一片楓紅，美極了。還有大棵的銀杏樹，葉子黃澄澄的。長安寺有著深山寺廟的風情，旁邊還有小河，寺前村落的氛圍也很棒。」

井上這麼說道。但是長安寺的交通實在不便，必須先搭新幹線到水澤江刺，再從那裡開兩小時的車才能抵達。井上繼續說。

「他們說要在東北展示屏風，問題是這個地區現在依然忙著清除瓦礫，在這裡展示真的好嗎？只要前往災區的中心，就可以感受到天災近在咫尺，體會到有多麼不方便。」

他並非漠視這裡，反倒認為長途跋涉來到這裡，一定能有所感受、有所獲得。我覺得井上是這麼想的，就像這趟旅程一樣。

屏風將於3月22日星期四開始展示。

井上在展示前兩天來到長安寺，理由是「或許會加畫些什麼」。負責這次『親鸞』展示的製作人大桑仁先生也事先告訴過我，他不確定井上會畫什麼，全看井上怎麼決定。我問井上到底有什麼打算，他面帶微笑地回答我。

「說不定我什麼都不會做，要先看到圖再做決定。」

災區的景象

我們在中午前就抵達了長安寺，這一天寺裡忙著「彼岸」（註2）的事，於是我們決定先到災區的重建商店街吃午餐，順便買晚餐的食材，下午再回到寺裡。為什麼需要食材，是因為井上等人要在寺裡過夜，自己開伙。災情嚴重的大船渡港口附近，雖然有幾間旅館重新開張，但是因為清除瓦礫的業者長期居住下來，所以旅館都客滿了。井上和工作人員決定住在長安寺，晚上就在房間邊吃火鍋邊享受東北的美酒。

在起重機和大型卡車聲響此起彼落的災區一角，有著用組合屋搭起的重建商店街，這景象和氣仙沼、陸前高田一樣。消失的城鎮原址，有幾間

※註2：以春分或秋分為基準，前後各三天的一星期，日本人會利用這段期間去掃墓。

過去在那裡做生意的商家聚集在此，包括理髮店、魚販、菜販、服飾店、運動用品店等，彷彿是熱鬧的港都商店街的縮小版。當然，並不是所有的商店都在，有些商店歇業了，有些商店則是想營業也無法如願。有許多商家在店裡裝飾了過去的港都風光、美麗海景的照片，照片裡的風景宛如另一個世界。我們可以感受到生活在這裡的居民的意念，彷彿不裝飾照片、不留下回憶，一切都會化為虛幻消失似的。

井上走進書店，買了一本很厚的書，書裡記載了這一年來的三陸景象。

接著我們在重建商店街吃了拉麵，向魚販和菜販買了晚上的火鍋食材，下午便回到長安寺。

金比呂正住職（住持）正在等著井上。

他替井上和工作人員準備了兩間相連的榻榻米大房間，平常應該是用來辦法事的地方。我們在榻榻米上放好屏風，在那裡用餐，晚上則在那裡鋪被睡覺。

60歲的金住職和他的接班人兒子都愛看井上的漫畫，尤其金住職更是忠實的讀者。住職說他以前就是NBA的球迷，連《灌籃高手》的細節都記得一清二楚，真是太令人驚訝了。住職不斷重複說著：「在這種小地方展示真的好嗎？」還說：「能在我們寺裡展示井上老師的親鸞，真是無比的光榮。」顯得非常開心。喜歡足球的兒子，則是仙台維加泰（Vegalta sendai）的支持者，我們還熱絡地聊了好一陣子足球。筆者想起前日本代表鹿島Antlers的小笠原滿男選手也是船渡高中的校友，這一帶一定有許多崇拜小笠原才去學足球的孩子。小笠原很寡言，因此沒引起太大的話題，但是他來過災區很多次。

我們邊喝茶邊聊天，自然而然就聊到3月11日發生的事情。

「因為那天下午3點有法事，我人在港口。」

金住職開始敘述當天的情況。

「當時我人在可以俯瞰港口的高台上，一陣劇烈的晃動讓我幾乎站不住腳，只能緊抓住停在旁邊的車子。第一波地震過後，我對身邊的當地漁民說應該會有海嘯，漁民一臉悠哉地說：『不可能、不會啦！』過了一陣子，港口的海水全部退去，都見底了，我從來沒看過那樣的情景。我說一定會有海嘯，漁民還是堅持說不可能，就在你一言我一語的時候，海嘯真的來了。漁民依舊堅持海嘯淹不到高台，不用擔心，沒想到海水就這麼湧了過來。等我回過神時，漁民早已逃之夭夭，那一帶只剩下我一個人。我心想這下子慘了，於是扔下車子慌張地往高處衝刺。當時水已經淹到腳踝，我拚命地逃，最後膝蓋以下都濕了。真的是千鈞一髮呢。要是我的反應再慢個一秒，恐怕就被大水沖走了。」

金住職彷彿在轉述別人的經驗，提到和漁民談話那一段還想逗我們笑。無奈這一切都是真正發生過的事。

添上幾筆

住職父子離開房間後，石橋在隔壁的大房間把塑膠布攤開。屏風很重，所以眾人合力把兩座屏風立在塑膠布上。

大概是房間天花板沒有很高，所以屏風顯得非常巨大。

去年11月，京都的東本願寺曾經再度展示屏風，這次是井上睽違四個月後再度見到自己畫的圖。「這下子非畫不可了。」井上看到屏風立刻斬釘截鐵地說道，完全將「什麼也不做」這個選項排除在外。

他立刻準備了水桶和水，把筆排好，在『漫畫展』見過好幾次的工具組，隨即出現在塑膠布的一角。

井上靠近又離開屏風，重複這些動作好一陣子，最後終於拿起一支筆，坐在屏風前的椅子上，為屏風添上新的筆劃。

井上身旁就是紙拉門。天空有雲但是相當晴朗，陽光透過紙拉門將溫柔的光線送入室內。外面很冷，不過室內有開暖氣，所以相當溫暖，附近也很安靜。

井上進行修改屏風作業，偶爾喝幾口茶，吃幾口放在一旁的零食。筆者趁這時候找他聊了一下，「在這樣的環境下畫屏風，真是再適合不過了。」井上開心地說道。

「我感覺屏風正朝著它的棲身之所而去。」

正好在1年以前，井上在東京的個人畫室樓下一個類似體育館的寬敞空間裡，沒日沒夜地趕畫屏風圖。那裡沒有暖氣，天花板非常高，並不是放置屏風的好地方，相較之下這裡好多了。井上說得沒錯，屏風看起來確實很像一開始就擺放在這座寺廟的榻榻米上。

又過了一會兒，井上這麼說。

「幸好我們先看過災區才回到寺廟。這次並不是我第一次前往災區，但是今天我深刻體會到去過那裡有多重要。」

先前往災區再回頭畫圖，我問井上這件事對他有什麼影響？

「無論什麼事，多少都會造成影響，雖然我沒辦法用言語來解釋有什麼前因後果，但我相信每一件事都是環環相扣的。」

話說回來，這裡真的好安靜。除了井上偶爾站起來洗筆的聲音之外，沒有任何雜音。隨著天空的雲朵流動，室內忽暗忽明。面對1年前在自己工作室畫的那張圖，井上的表情和動作都不一樣了，全身散發出悠閒的氛圍。

「我想我一定畫不完。」

太陽開始西下時，井上茫然地說道。現在是彼岸期間的星期二傍晚，從後天星期四早上10點起，屏風就會擺放在大殿展示。井上的意思是他無法在那之前完成，大桑和石橋則是盤算著讓井上在開始展示後繼續畫。

右邊的屏風圖是表情嚴肅的親鸞，領著一群民眾。人群中最前面的男子，墨色變得很濃。我問井上是不是早就打算加深他的顏色。

「我感覺屏風在呼喚我……希望我多畫幾筆。直到最近決定在這座寺廟展示後，我才有了這樣的心境。當初討論時，有想過不妨像在三崎的廢校辦活動時一樣，請前來觀賞的遊客留下感言，但感覺就是不太對。我想了很久，想知道自己到底想在這裡做什麼，最後的結論是『我想畫圖』。沒有什麼特別的理由就是了。」

老師心中一直掛念著這張圖嗎？我問。

「不，當我把它交給東本願寺收藏後，就認定這項工作已經結束，它已經不屬於我了。但是來到這裡，我又把它當成我的所有物了。」

在哪裡作畫會影響老師的作畫過程嗎？我又問。

「一定會有所影響。因為我會思考要畫給誰，會想到在這裡生活的人

岩手縣大船渡・長安寺 屏『親鸞』特別公開展示（2012）

們。待在災區，各種思緒湧上心頭，一不小心就會哭出來呢。」

結果，天色暗下來之後，井上就結束了這一天的工作，晚上大家一起悠閒地享用火鍋。

隔天，他從早上就專心地繼續畫，畫到晚上還繼續熬夜，等到全部畫完時，時間是星期四早上將近9點。等待顏料乾透，便把屏風搬到大殿，設置完畢後已經是9點56分。原本預計10點才公開展示，但那時候已經有當地的爺爺奶奶們一如往常地進入大殿，看著我們忙進忙出了。

屏風終於設置完畢。當地居民三五成群地望著屏風、凝視屏風，時而靠近時而後退，在屏風前或站或坐。有人對著親鸞雙手合十，也有人流下眼淚。對他們來說，那是親鸞聖人的另一種風貌。

旅途的後續

左右成對的屏風『親鸞』。

右邊是想盡辦法在淹至膝蓋、看似沼澤或河川的水中前進的群眾。有男人、女人、嬰兒、孩童、老人，以及率領著眾人、表情嚴肅的親鸞。與其說是親鸞引領著所有人，不如說是他們和親鸞一同迷失了方向。經過這次的修改，墨色變得更深，人們苦難的模樣也顯得更強烈了。

我沒有直接告訴井上，但是我把一直擺在心裡的感受告訴了金住職。

群眾的腳下，有淹至膝蓋的黑水。「不覺得很像受到海嘯侵襲的東北嗎？」我這麼說。

金住職是這樣回應我的。

「群眾腳下的水確實很容易讓人聯想到海嘯。但我聽說井上老師在地震前就已經完成了作品，所以我認為地震並沒有影響老師的作品。不過，在這次進行修改之前，老師已經看過大船渡港口，我還聽說他之前就造訪過東北地區。或許那些體驗和這次的修改有關係吧？雖然這座寺廟平安無事，但是地震後收容了許多災民，再加上井上老師在我們寺廟展示屏風，兩者之間絕非毫無關聯。」

住職還說了這些話。

「我偶爾會向前來觀賞的民眾解釋，多數人都不認為右邊群眾最前方的人是親鸞，只有少數人發現他的真面目。大部分的人都認為那是迷了路，正想請求親鸞指點迷津的另一名僧侶。我告訴他們那個人就是親鸞，大家都很驚訝。大家都認為親鸞是個凡事達觀、從不迷惘的人。井上老師畫的左邊那座屏風上的親鸞，才是大多數人印象中的親鸞吧。」

以前井上曾經說過，他畫的是30歲後半到40歲前半左右的親鸞。金住職這麼說。

「那個年紀的親鸞，正是流亡到茨城的時候。40歲左右……距離達觀還早得很呢。井上老師筆下左邊的親鸞，確實有著爽朗的表情，彷彿頓悟了什麼似的，但我認為這只是當時的親鸞在某一剎那的模樣與表情，表面上看似平靜的親鸞，內心仍然存在著右邊那個被深水困住雙腳，露出痛苦表情的親鸞。當時的他還很苦惱，內心還蒙著一層陰影。當然這是我個人的想法，沒有向井上老師求證過，也不知道對屏風圖的感想是否正確。」

我想，作者井上雄彥或許和親鸞一樣，苦惱過、達觀過、陷入苦難、被水困住無法前進，但有時也會慢條斯理地坐著。作者的境遇果然影響了屏風『親鸞』，也反映在《浪人劍客》的武藏身上。

在從水澤江刺回東京的新幹線上，我再次翻開『MORNING』。這一星期來，我反覆看了無數次這本3月15日發行的雜誌。

我盯著封面上被一大片黑暗我執包圍的武藏看。原來他還有著如此強烈的執著啊？接著，我翻開雜誌。

「武藏——你是宮本武藏殿下吧！」有人叫住武藏，他回過頭來。

「我就是武藏。你想死在我的刀下嗎？」

武藏回答道。他的臉有一半以上都被我執覆蓋住，他在內心呢喃道。

「我真的很想知道…自己是否依舊強大。」

接著，我執宛如熊熊燃燒的火焰般升起。

晃動的新幹線上，我闔上『MORNING』，靠在椅背上，回想起武藏和伊藤一刀齋對峙的那一段。

「天下無雙是幻影。」

「我們沒有理由決鬥。」

武藏這麼說。雖然只有一瞬間，但是他的執著的確消失了。

然而，武藏的執著仍舊相當強烈，最後他還是選擇對抗一途。轉眼間，武藏就倒在地上。仰躺的他望著天空，魂魄飄浮在空中，與瀕死的柳生石舟齋坐在雲上對話。「多笑一點！」石舟齋對武藏這麼說。

我想，這就是井上雄彥當時內心的想法吧。

武藏躺在地上，雙手攤開彷彿擁抱著天空，心情卻自由自在地踏上了旅途。

下一個出現在讀者眼前的畫面，是兒時的武藏。夜晚，他躺在一塊大岩石上。「為何……我是兒時的樣子……為什麼我呈現這個形體……？」武藏自問自答。這不也代表身為作者的井上，在故鄉的某塊岩石上自問自答，明明已經成為大人，卻進行了一趟兒時之旅嗎？

說穿了，武藏就是作者井上雄彥。或許一直以來都是，也或許是從某個時間點開始才是。而讀者則是陪著名叫井上雄彥的漫畫家在旅行。身為旅伴的我們，也透過旅途看清自己。一直以來都是這樣。

時而哭泣，時而絕望，偶爾天真地笑，偶爾雀躍地跳，在水裡游，或是在地面奔跑。躺在地上，仰望星空。這是我們一同旅行所編織而成的故事，這是一部獻給所有漂泊者＝VAGABOND的漫畫。

武藏的旅途尚未結束，井上雄彥的旅途也會繼續下去。

《浪人劍客》301話

「旅途的盡頭」分鏡草圖

2012.3

※分鏡中的台詞請參照台灣版第34集。

☆全体に ある種の
緊張感は意識

☆台詞をなるべく
式の 削っていく

VAGA

301

4C 4P
1C ~~[illegible]~~ 40

44P!

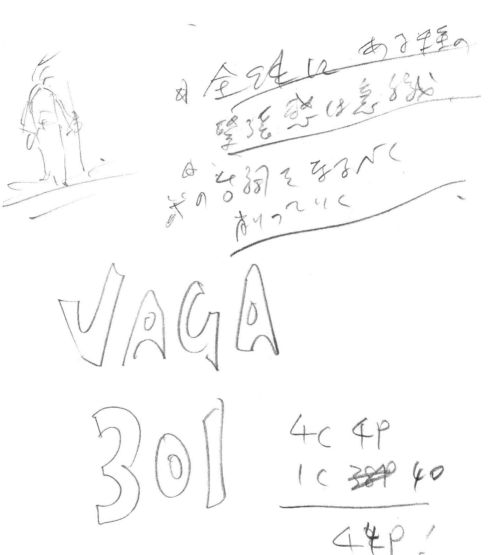

俺が武蔵だ
何か用か

ほう…
……
どこかの藩の…
スキがない
知りたい

見ろ
トリハダが
危険
やってみた
「俺はまだ強いのか
知りたい」

ホイあー
ざッ
ざッ
軽妙ん
コーズエも
ーコマ

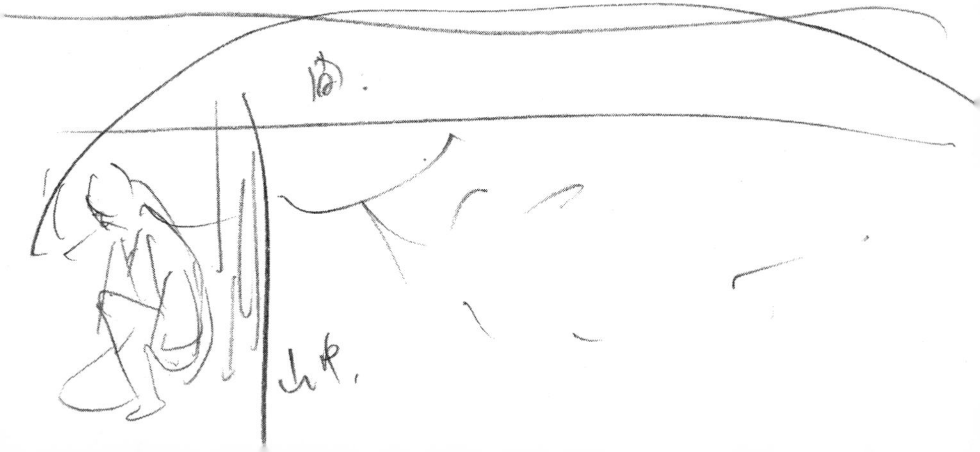

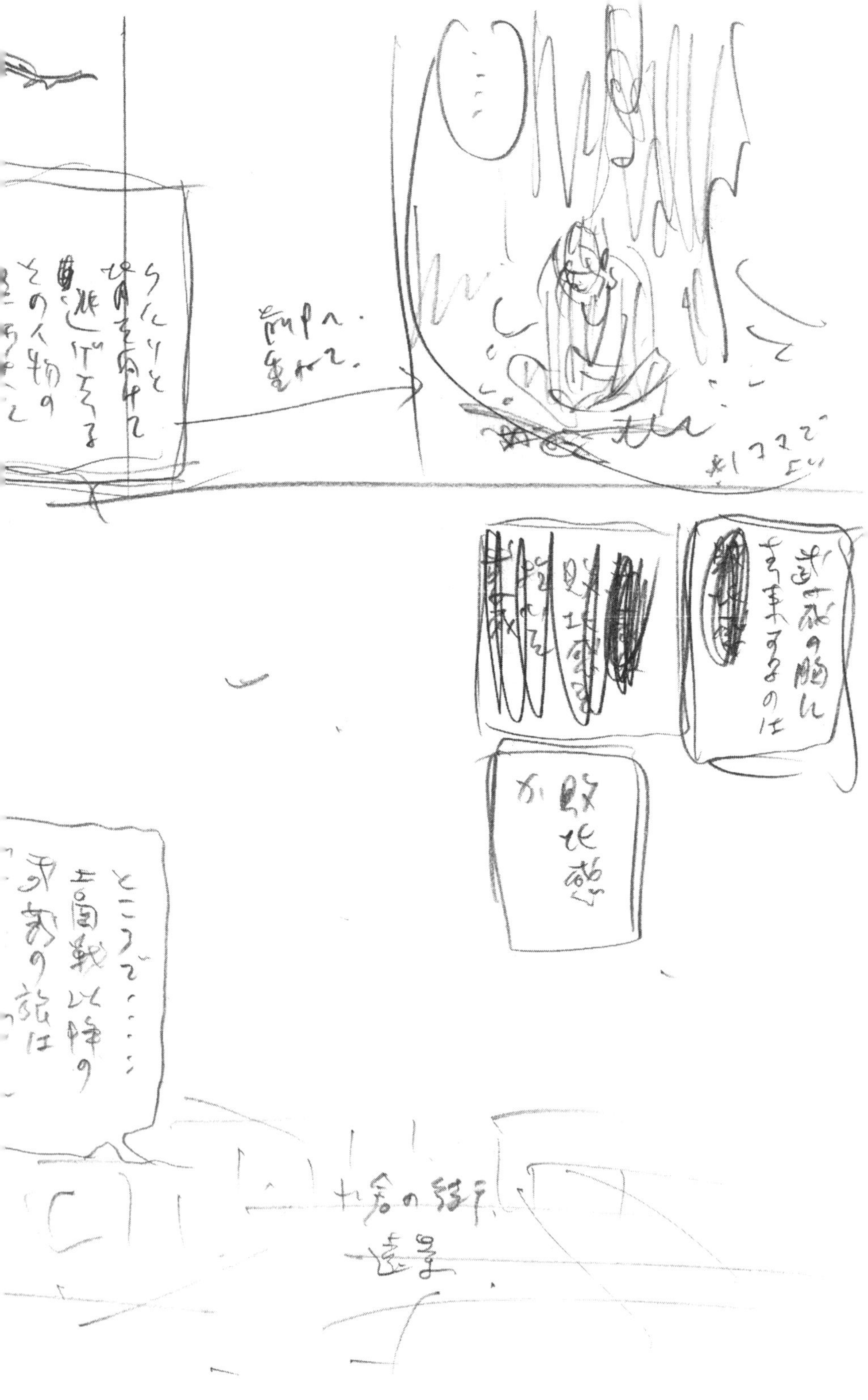
ゆっくりと背を向けて
武家の胸に去来するのは
敗北感か
ところで……

行くあてもない
ちょっと待て
本位田又八
美作国生まれ
まあ…
信じるも自由
信じないも自由

空白

（原名：空白）

著者／井上雄彥　**譯者**／游若琪
協理／洪琇菁　**國際版權**／黃令歡．梁名儀
執行編輯／路克　**美術編輯**／沙雲佩

執行長／陳君平
榮譽發行人／黃鎮隆
法律顧問／王子文律師　元禾法律事務所
台北市羅斯福路三段37號15樓
出版／城邦文化事業股份有限公司　尖端出版
台北市中山區民生東路二段141號10樓
電話：（02）2500-7600 傳真：（02）2500-1974
E-mail：4th_department@mail2.spp.com.tw
發行／英屬蓋曼群島商家庭傳媒股份有限公司城邦分公司
台北市中山區民生東路二段141號2樓
讀者服務專線：0800-020-299
24小時傳真服務：02-2517-0999
讀者服務信箱E-mail：cs@cite.com.tw
北中部經銷／楨彥有限公司
電話：(02)8919-3369 傳真：(02)8914-5524
雲嘉經銷／智豐圖書股份有限公司 嘉義公司
電話：(05)233-3852　傳真：(05)233-3863
南部經銷／智豐圖書股份有限公司 高雄公司
電話：(07)373-0079　傳真：(07)373-0087

2013年4月1版1刷
2023年5月1版10刷

郵購注意事項：
1.填妥劃撥單資料：帳號：50003021號　戶名：英屬蓋曼群島商家庭傳媒（股）公司城邦分公司。 2.通信欄內註明訂購書名與冊數。3.劃撥金額低於500元，請加附掛號郵資50元。如劃撥日起10～14日，仍未收到書時，請洽劃撥組。劃撥專線TEL：（03）312-4212 ・ FAX：（03）322-4621。